La clef de l'âme

Benjamin BELANDO

LA CLEF DE L'ÂME

Auto-édition

© 2023 Benjamin Belando
Édition : BoD – Books on Demand, info@bod.fr
Impression : BoD – Books on Demand, In de Tarpen
42, Norderstedt (Allemagne)
Impression à la demande

Couverture et mise en page : Loïc Artieri
Dessinatrice : Christine Dalmasso
Correction : Céline Pereira Da Costa
Modèle : Lisa Martin Fonseca
Photographies : Benjamin Belando

ISBN : 978-2-3224-8463-8
Dépôt légal : Août 2023

À toute mon équipe.

SOMMAIRE

1
JARED

La clef de l'âme

C'était la fin de la journée et la neige finissait de se poser sur les pistes de ski. Il faisait froid, mais pour un mois de janvier nous avions connu pire. Soudain, tout droit sortis du ciel, un loup-garou noir, musclé et un homme plutôt gringalet apparurent en train de se battre. Ils s'écrasèrent sur une piste de ski, mais celle-ci étant fermée, personne ne les vit. Le loup-garou sortit sa tête de la neige et chercha du regard l'homme qui était avec lui. Ne voyant personne, il se releva et hurla de colère à la manière d'un loup. Tout à coup, il entendit un bruit derrière lui comme un déclic. Il se retourna et vit l'homme braquer une arme sur sa tête. Ce dernier lui fit un clin d'œil, lui tira dessus et sourit avant de s'écrouler au sol, soulagé. Il toucha les poches de sa veste et prit un air craintif comme s'il lui manquait quelque chose. Il fouilla le loup-garou pour essayer de retrouver ce qui lui manquait, mais ne trouva rien, alors il rugit de colère. Il ferma les yeux quelques instants puis souffla pour essayer de se calmer un peu.

— Une promesse est une promesse !

Il ouvrit à nouveau les yeux et se leva, rangea son arme et commença à descendre la piste. Le loup-garou n'était plus à sa place, il avait disparu.

Jared était assis derrière un bureau. C'était un jeune chef d'entreprise de logistique qui avait accédé à ce poste après la mort tragique de son père, tué la tête la première sur un rocher alors qu'il s'amusait au ski.

Jared regardait quelque chose sur son ordinateur quand une femme, Cynthia, d'une beauté sans pareille, entra dans son bureau.

— Je peux ? demanda-t-elle.

— Oui, bien sûr, tu peux toujours venir me voir sans me le demander !

– Il n'y a plus personne au bureau.

– Cool !

Elle s'approcha de lui et posa un colis sur son bureau tout en lui faisant un sourire charmeur.

– Tu sais ce que ça veut dire ?

– Que je vais te culbuter !

– Plutôt deux fois qu'une !

Il ferma vite son ordinateur, prit Cynthia et l'assit sur le bureau. Elle était en jupe moulante et il passa sans problème sa main dessous pour lui enlever son string. Elle lui défit son pantalon, ainsi que son caleçon et ils firent l'amour. Jared donna des coups très fort et Cynthia gémit de plus en plus.

– Lâche-toi en moi s'il te plait, lâche-toi !

– J'ai pas mis de capote et je ne suis pas prêt pour devenir père.

– S'il te plait !

– Oh non !

Il finit par sortir et jouir dans la poubelle.

– C'est bien mieux comme ça.

– Je viens à peine d'avoir mes règles, tu aurais pu jouir en moi, tu ne m'aurais pas mise en cloque pour autant.

– Tu sais combien de temps ça vit ces bestioles-là ?

– Pas assez pour que j'ovule. Tu fais chier Jared.

– C'était bon au moins ?

– J'ai connu mieux.

– Oh c'est méchant ça.

– C'est la simple vérité !

Il se rhabilla pendant que Cynthia remit son string.

– On est ensemble depuis un moment, tu pourrais avoir confiance en moi.

— Je ne dis pas que je n'ai pas confiance, mais je ne veux pas être père.

— Ça, je sais, je te demandais seulement qu'on jouisse ensemble !

— Ah les femmes.

— Quoi les femmes ?

— Vous voulez tellement qu'on soit en osmose ensemble, mais un homme et une femme seront toujours à l'opposé.

— Tu penses ce que tu dis ?

— Bien sûr que oui, ma belle !

— Alors ta belle va faire un tour.

— Si tu veux !

Il s'assit à nouveau à son bureau et vit le paquet posé dessus.

— Hey, c'est quoi ce paquet ?

— Hey, je t'emmerde !

Elle lui fit un doigt et sortit de la pièce.

— Ouais, toutes les mêmes, heureusement qu'elles servent à baiser et qu'elles peuvent donner du plaisir, sinon elles seraient vraiment inutiles.

Il examina le paquet, prit un couteau qui était rangé dans son tiroir et l'ouvrit. Il trouva une clef à l'intérieur, qu'il saisit tout en douceur. Elle était toute argentée, dans un style d'époque, avec une tête de loup forgée à son extrémité.

— C'est magnifique.

Il se leva et marcha vers Cynthia qui se préparait à partir.

— Sérieusement, qui t'a donné ce paquet ?

— C'est Rebecca qui l'a réceptionné.

— Ok, merci, il faut que je lui parle.

— Pourquoi?

— Je veux savoir qui lui a donné ça!

Il lui montra la clef. Elle ouvrit les yeux pleins de malice.

— C'est magnifique!

Elle tendit sa main pour la toucher, mais Jared la rangea vite dans sa veste. Elle essaya de reprendre ses esprits.

— Ne m'attends pas ce soir! dit Jared.

— Pourquoi, tu vas aller baiser Rebecca?

— N'importe quoi! Je te dis juste de ne pas m'attendre, car je veux savoir qui m'a envoyé ça.

— Tu as intérêt à ne pas la toucher.

— Mais non ma belle, tu es la seule!

Il l'embrassa sur le front et partit. Elle prit ses affaires et vit que le bureau de Jared était encore allumé. Elle y entra pour éteindre la lumière, mais aperçut le paquet resté sur le bureau de Jared et se dirigea vers lui. Il était blanc, sans aucune trace d'adresse. Elle le retourna et vit une tête de loup imprimée dessus.

— Étrange…

Jared arrêta sa voiture devant la maison de Rebecca. Il en sortit et se dirigea jusqu'à la porte d'entrée. Il sonna et attendit un petit moment avant que Rebecca ne vienne ouvrir.

— Patron, mais que faites-vous là?

— J'ai besoin de savoir qui vous a livré le colis blanc de ce matin.

— Ça ne pouvait pas attendre demain?

— Non, il faut que je sache.

— Pourquoi?

— Parce que son contenu est merveilleux! Et l'on m'a

toujours dit que ce qui est trop beau pour être vrai cache forcément quelque chose.

— Et j'aurai quoi en retour si je vous dis ça ?

— Euh…

Elle le regarda en se mordillant les lèvres, et il sourit.

Il la prit sauvagement sur la table du salon et lui fit l'amour en levrette. Il lui fallut du temps jusqu'à ce qu'il puisse jouir, et il se soulagea sur elle qui était nue.

— Oh c'est tout chaud ! dit-elle.

— Ouais, je sais ! Ouh vous êtes bonne !

— Je sais, j'ai un vagin que je peux serrer plus que la normale.

— Je confirme !

— Mais j'ai connu de meilleures bites.

— Ah ouais ! Tant pis, tant que j'ai pu jouir c'est l'essentiel. Alors qui a laissé ce paquet ?

Elle se leva et alla chercher une serviette pour enlever le sperme sur son corps.

— Il m'en faudra plus !

— Quoi ? Comment ça ?

— J'ai pas joui moi donc je vais vous dire qui m'a livré le colis, mais il faudra travailler encore pour me faire jouir.

— Ok très bien, qui ?

— Un livreur des montagnes, un jeune gamin de la chronique du Nord.

— Ok, à Auron ?

— Tout à fait !

— Bien, merci !

Elle se positionna devant lui et écarta les jambes.

— Finissez le boulot, patron !

Il la regarda un peu gêné, mais il s'exécuta et repartit aussitôt l'affaire conclue.

Jared gara sa voiture devant un magasin de ski. Il en sortit et marcha en direction du local de transport que lui avait indiqué Rebecca la veille. Il y entra et se dirigea vers l'accueil, mais il n'y avait personne. Il sonna avec la petite sonnette posée sur le comptoir, mais toujours rien.

– C'est pas vrai !

Il se tourna et aperçut un vieil homme assis qui le fixait.

– Ça fait un moment que vous attendez, cher monsieur ?

– Oh depuis toujours !

– Non, mais je veux dire ici devant cette agence.

– Oh depuis toujours !

– D'accord, je ne me suis pas adressé à la bonne personne.

– Qu'est-ce qu'un étranger fait ici ?

– Je suis à la recherche d'un jeune homme qui nous a livré un colis. Vous savez qui travaille ici ?

– Oh depuis toujours !

Jared se mit à sourire.

– Ok, je vais aller demander à quelqu'un d'autre.

– Pourquoi ? Ce n'est pas ma faute si tu ne comprends pas mes paroles.

– Désolé, grand-père, mais personne ne peut comprendre ce que vous dites.

– Oh depuis toujours !

– Ouais, allez, bonne journée ! répondit Jared en partant.

– La clef vous envoutera et vous perdrez tout, sauf si vous savez rester en vie !

Il s'arrêta et se retourna vers le vieil homme.

– Quoi ? Qu'est-ce que vous venez de dire ?

– Oh depuis toujours !

– Non, ce que vous avez dit avant !

– Oh depuis toujours !

— Putain, mais c'est pas vrai !

Au même instant, un gars portant un bonnet avec le logo de la société imprimé dessus entra dans l'agence.

— Ah super, voilà quelqu'un !

— Oui désolé je suis seul aujourd'hui, il faut que je fasse le boulot de deux personnes… ça va papi ?

— Oh depuis toujours !

L'homme s'installa derrière le comptoir.

— Que puis-je pour vous ?

— Vous nous avez laissé un colis hier matin, et je dois savoir qui l'a livré, pourquoi et d'où il provient.

— Ça fait beaucoup de questions pour une personne seule.

— Navré, mais j'ai besoin de réponses.

— Bien, je vais essayer de faire au mieux, mais il me faut votre nom pour pouvoir vous aider.

— Oui, pardon, c'était à destination de Gurley entreprise !

L'homme chercha sur son ordinateur.

— Désolé, mais je n'ai rien à ce nom.

— Cherchez encore, l'un de vos livreurs nous a laissé un paquet hier matin.

— Je suis vraiment désolé cher monsieur, mais je vous le répète, nous n'avons rien.

— Ok, vous dites être seul maintenant, mais les autres jours, qui est avec vous ?

— Mon neveu.

— Il faut que je lui parle.

Le vieil homme se leva avec difficulté et partit.

— Je vais être clair, mon neveu est malade aujourd'hui, mais même sans ça on ne vous a jamais livré de colis, monsieur Gurley.

— Je ne rêve pas, j'ai bien reçu un paquet venant de chez vous.

— Croyez-moi, vous faites erreur.

Jared voulut insister, mais l'homme devant lui se leva de son siège. Il acquiesça et partit de l'agence. Une fois dehors, il souffla de dépit, déçu de ne pas avoir trouvé de réponses.

— Oh depuis toujours! dit de nouveau le vieil homme qui était en train de fumer une cigarette.

— Et vous, vous ne savez pas où il est ce neveu?

— Là-haut!

— Quoi, où là-haut?

— Oh depuis toujours!

— Ok, merci!

Il regarda les immeubles situés plus haut et se tourna vers l'agence où étaient inscrits les noms des propriétaires.

— Je croise les doigts pour que ce soit le même nom.

Il fit un signe au vieil homme et se dirigea vers les bâtiments.

Il ne lui fallut que quelques minutes pour en faire le tour, et arriver devant le dernier immeuble.

— J'espère que tu es là-dedans sinon je crois que je vais devoir renoncer et garder cette clef pour moi.

Il y entra et entreprit de vérifier tous les noms sur l'interphone jusqu'à ce qu'il trouve le même inscrit sur la devanture de l'agence.

— En souhaitant que ce soit le neveu…

Il sonna et à sa grande surprise la porte s'ouvrit presque aussitôt. Une fois à l'intérieur, il remarqua sur la boite aux lettres le numéro de l'étage, et prit l'ascenseur jusqu'au 4e. Arrivé devant l'appartement, il frappa et patienta quelques secondes. Une femme en sous-vêtements lui ouvrit et s'aperçut que ce n'était pas celui qu'elle attendait. Surprise, elle se cacha derrière la porte.

— Mais qui êtes-vous ?

— Je suis à la recherche de quelqu'un.

— Il n'y a personne d'autre que moi ici.

— Je sais, mais dites-moi, qui attendiez-vous dans cette si belle tenue ?

— Mon copain.

— Et comment s'appelle-t-il ?

— Jérôme Ducrois.

C'était bien le bon nom, et le prénom n'était pas celui du gars qui l'avait accueilli donc tout portait à croire que c'était bien le neveu.

— Merci, c'est ce que je voulais entendre. Et vous ne savez pas du tout où il est ?

— Si, il devrait être là en train de me faire grimper au rideau, mais ce n'est pas le cas donc maintenant barrez-vous !

— Juste une dernière chose.

— Quoi ?

— Où pourrais-je le trouver ?

— À part dans mon cul ?

Jared fronça les sourcils.

— Il est en retard, car il est avec son père au chalet au-dessus du village je présume.

— Je le croyais malade !

— Ça, c'est ce qu'il a dit à son oncle pour venir me baiser…

— Vous avez l'air en manque.

— Ah ouais, vous pensez ?!

— Désolé de vous avoir dérangé.

— Si jamais vous ne le trouvez pas ou qu'il est porté disparu, je suis grave en manque et j'ai besoin d'avoir quelqu'un en moi maintenant tout de suite.

– Euh…

– Si vous ne le trouvez pas, venez me baiser, c'est clair ?!

– Euh… ouais…

Jared avala un peu de travers. Il avait du mal à tenir en place. Il se retourna un instant puis il haussa les épaules et ouvrit la porte en se jetant sur elle. Ils firent l'amour comme des bêtes sur ce qui servait de canapé. Puis, une fois terminé, il reprit ses affaires pendant qu'elle fumait une cigarette, encore nue.

– Merci, bel inconnu.

– De rien, c'est toujours un plaisir de satisfaire une femme.

– J'ai quand même connu mieux alors ne te vantes pas trop.

– D'accord, mais j'ai joui donc le reste, je m'en fous.

– Allez, casse-toi.

– C'est comme si c'était fait !

Jared prit sa veste et s'en alla.

Il roula sur une route de montagne qui n'avait quasiment plus de goudron. Il était fortement secoué par moment. Arrivé devant une barrière il s'arrêta, sortit de la voiture et remarqua le panneau indiquant « zone interdite aux étrangers ».

– Je crois que ça, c'est pour moi…

Il regarda aux alentours, mais ne vit personne. Il haussa les épaules et passa l'interdiction en refermant sa veste, car le vent s'était levé et qu'il commençait à faire très froid. Après pas mal de marche, il arriva devant une maison, et aperçut un jeune homme qui coupait du bois.

– Excusez-moi, vous êtes Jérôme ?

Celui-ci se retourna doucement vers lui.

– Vous savez que vous êtes sur une propriété privée ?!

— Je sais, mais j'ai besoin de vous parler.

— Ouais, c'est ça.

Jérôme jeta sa hache, prit le fusil posé à côté et le chargea.

— Non, attendez, je viens sans arme et je veux juste savoir quelque chose.

— Et si je vous dis que je n'en ai rien à foutre.

— Vous deviez être malade aujourd'hui, mais je vois que ce n'est pas le cas.

— Ah putain ! C'est mon oncle qui vous envoie ?

— Pas du tout, c'est de mon propre chef que je viens vous voir.

Jérôme pointa le fusil sur Jared, qui leva les mains, effrayé.

— Ça n'explique pas pourquoi vous êtes chez mon père en totale illégalité.

— Vous nous avez livré un paquet hier matin.

— Ah merde, ce fameux paquet. Jared c'est ça ?

— Ah génial, vous savez de quoi je parle, oui je suis Jared.

— Je sais bien de quoi vous parlez, c'est ce vieux qui m'a dit qu'il fallait vous le livrer.

— Quoi ?

Jared le regarda surpris.

— Vous voulez dire le « Oh, depuis toujours » ?

— Oui ce putain de vieux qui nous colle aux basques depuis qu'on a détruit sa maison. Il n'est pas méchant, mais il ne comprend rien à la vie.

— Mais vous faites ce qu'il vous dit ?

— Attendez, mon oncle m'a donné son aval pour venir vous voir, mais il ne l'a pas noté dans le registre.

— Ça explique pourquoi il ne l'a pas trouvé.

— Ce paquet n'était pas pour vous ?

— Je n'en sais rien. Il y avait une clef dedans.

— Une clef?

— Oui.

Jared fouilla dans sa veste, mais il ne la retrouva pas.

— Non, ce n'est pas possible, je l'avais sur moi.

— Ok, vous allez devoir partir d'ici et vite.

— Non, attendez, est-ce que le vieux ne vous en a pas dit plus sur cette clef?

— Je ne savais même pas qu'il y en avait une dans ce paquet. Si vous avez d'autres questions, adressez-vous au vieux fou!

— Vous avez raison, je vais aller le voir tout de suite.

— Bougez votre cul alors.

— Vous n'allez pas me tirer dans le dos quand même?

— Je suis un homme malgré mon jeune âge et si je dois vous tuer ça sera face à face.

— Ok, on va dire que ça doit me rassurer.

— Je ne peux pas faire mieux.

— Je comprends bien… répondit Jared en rebroussant chemin.

— Moi aussi j'aurais une question, sale fils de pute!

— Oh merde… pensa Jared.

— Qu'est-ce que ça fait de baiser ma Stella?

Jared se tourna vers lui.

— Comment?

— Ne me prends pas pour un idiot, c'est la seule qui a pu lâcher le morceau et te dire que j'étais ici! Et en échange, elle veut toujours du sexe.

— Non, vraiment, c'est votre oncle qui m'a dit que vous deviez être là.

— Arrête l'ami et dis-moi, elle était bonne?

Jared sourit nerveusement.

— Oui, elle était bonne !

— Tu vois, ce n'est pas si compliqué à dire, mais ce sont tes dernières paroles.

Jérôme s'apprêta à tirer quand on lui explosa la tête. Jared hurla de peur et se mit à courir comme un fou sur le chemin. En arrivant près de la barrière, il sourit, soulagé, comme s'il était enfin en sécurité, mais il se fit tirer dessus aussi dans la seconde qui suivit. Il s'écroula au sol, ventre à terre, sa cervelle glissant jusqu'au pneu de sa voiture. Un homme sortit des bois et s'approcha du corps sans vie de Jared. Il le retourna et fouilla dans les poches de sa veste, qui étaient vides.

— C'est une blague ! dit-il, agacé.

La femme avec qui Jared avait couché se rendit dans la salle de bain, encore complètement nue. Elle se regarda dans le miroir et sourit en levant la clef qu'elle tenait dans sa main.

— Je crois que je vais devoir cacher ça en lieu sûr !

Elle ferma les yeux et dansa au son de la musique qu'elle venait de mettre. Le vieil homme, en bas de l'immeuble, observait l'étage n° 4, d'où provenait la mélodie.

— Oh depuis toujours ! Un à zéro ! dit-il en souriant.

2
TODD

La neige commençait à fondre dans la vallée. Todd, un jeune fermier trentenaire au visage déjà bien marqué, marchait le long d'un chemin, une bouteille d'alcool à la main et suivi de près par son âne, lourdement chargé.

— Allez Marcus, tu me suis et plus vite que ça !

Todd but une autre gorgée de son alcool fait maison et s'arrêta devant un cours d'eau.

— Vas-y mon beau, bois !

L'animal s'exécuta assez rapidement comme s'il n'avait pas bu depuis une éternité. Pendant ce temps, Todd se soulagea sur un arbre juste à côté. Il avait une grosse barbe, mais ses yeux faisaient penser à un adolescent qui s'était perdu dans cette forêt. Après avoir fini, ils reprirent la route.

— Nous serons bientôt à la maison Marcus et une fois là-bas, je te donnerai un bon repas.

L'âne le suivit jusqu'à ce qu'ils arrivent devant un pont. Todd le regarda un peu difficilement.

— Dis-moi Marcus, il est droit ou pas ce pont ?

L'âne le fixa, puis s'abaissa pour manger de l'herbe fraîche qui poussait à côté.

— Ouais, tu as raison. Je passe en premier, toi tu m'attends ici.

Todd but une autre gorgée de son alcool et s'avança sur le pont. Il était tellement ivre qu'il avait du mal à mettre un pied devant l'autre. Arrivé au milieu du pont, il s'écroula au sol et se fractura le nez. Il ne réagit pas vraiment, son poison lui coulait toujours dans les veines. Il roula sur le dos et regarda son nez pisser le sang.

— Oh merde ! Marcus vient, faut qu'on rentre, je me suis fait mal !

L'âne était parti plus loin et ne l'entendait pas.

— Hey Marcus, mais où es-tu ?

Todd ne le voyait plus.

— Mon Marcus, mais pourquoi ? Qu'est-ce que j'ai dit, je t'aime, t'en va pas !

Todd essaya de se relever, mais n'y arrivait pas. La nuit commençait à tomber.

— Il faut qu'on rentre, Marcus, la nuit est quasiment là. Marcus !

L'âne finit par apparaitre de nouveau et vint lui lécher le nez.

— Ah, mon Marcus, ne me fait plus jamais ça, je t'en supplie… Je ne pourrais pas vivre sans toi !

Todd s'appuya sur Marcus pour se lever.

— Allez, on rentre à la maison, tu mènes la marche mon beau. J'ai trop bu.

L'âne reprit la route doucement et passa le pont. Todd s'accrocha à lui tout en buvant encore une gorgée de son alcool. La nuit tomba et la lune fit son apparition. Todd alluma une lampe torche accrochée sur le dos de Marcus pour voir le chemin qu'il prenait.

— Je crois que tu as choisi la bonne route, mon beau, c'est bien.

Il s'arrêta un instant pour vomir, mais l'âne ne l'attendit pas et poursuivit son chemin.

— Attends Marcus ! Marcus !

Todd se mit à genou et vomit à nouveau.

— Marcus !

L'âne finit par faire demi-tour, s'approcha de Todd et lui lécha le visage.

— Pourquoi tu ne viens pas tout de suite quand je t'appelle ? Sans moi, tu ne peux pas vivre seul dans la forêt.

Todd essaya de se lever et y parvint avec difficulté tout en se tenant une nouvelle fois au cou de Marcus.

– Allez, en avant mon beau !

Mais l'âne ne bougea pas et se mit à braire comme s'il sentait un danger.

– Mais non, ne t'inquiète pas, on ne doit plus être très loin de la maison.

Il se lamenta à nouveau, alors Todd, inquiet, se retourna et regarda dans la même direction que lui pour essayer d'entrevoir quelque chose. À cet instant, deux gros loups surgirent des bois et s'agrippèrent à Marcus : l'un à son cou et l'autre au visage. L'âne tomba lourdement au sol. Le premier, accroché à sa gorge, lui arracha un gros bout de viande et du sang gicla de partout. Todd en fut éclaboussé et se mit à courir, mort de trouille, en abandonnant l'âne à son triste sort.

– Je suis désolé Marcus, je suis tellement désolé !

On pouvait entendre les loups lui briser les os. Todd, en pleurs, continua de courir sans s'arrêter, et sans lâcher sa bouteille d'alcool. Il fila jusqu'à atteindre une petite barrière d'où l'on pouvait apercevoir une maison. En la passant, il tomba au sol, mais se releva presque immédiatement pour rejoindre la bâtisse que l'on présumait être la sienne. Il ouvrit la porte et la referma aussitôt à clef derrière lui.

– Oh non, Marcus !

Horrifié par les évènements, il s'écroula et pleura toutes les larmes de son corps. Il but à nouveau plusieurs gorgées de son alcool lorsque l'on frappa violemment à la porte.

– À l'aide, il y a quelqu'un ?

Todd continua de pleurer sans y prêter attention, mais il entendit frapper à nouveau.

— Je vous ai vu entrer dans la maison, des loups me poursuivent, s'il vous plaît, ouvrez-moi !

Todd reprit ses esprits. Il se releva, regarda dehors et aperçut les loups qui venaient de tuer Marcus, tous proches. Il ouvrit rapidement la porte, une femme entra dans la maison et il la referma tout de suite après à double tour. L'un des loups cogna contre la porte, puis ils repartirent tous en poussant leurs hurlements si emblématiques. La femme se tourna vers Todd et l'on reconnut celle qui avait gardé la clef.

— Merci infiniment, je m'appelle Stella.

— Ouais, je sais qui vous êtes, moi, c'est Todd.

Todd alluma les lumières de la cuisine et s'installa à table. Stella fit de même en se mettant face à lui.

— Quelle soirée !

— J'ai perdu Marcus ! dit Todd toujours en pleurant.

— Qui est Marcus, votre enfant ?

— Non, c'était mon âne.

— Ah ça va !

— Quoi ? Vous osez dire que ça va ! Vous ne savez pas ce que représente un animal pour un homme seul comme moi.

— Je suis désolée, je n'aime pas les bêtes, mais je peux comprendre que certaines personnes aient besoin d'elles pour se sentir moins seules.

— C'est le moins que l'on puisse dire… un verre ?

— Oh oui, avec grand plaisir.

Todd se leva et se dirigea vers la porte de sa cave à vin. Il en sortit la même bouteille qu'il trimbalait depuis le début de l'histoire.

— Ce sont les loups qui ont fait ça à votre nez ?

– Non, je me suis fait ça tout seul, enfin… Je ne sais plus comment je me suis fait ça.

– D'accord…

– Je fais tellement de choses dans la journée que je n'arrive pas à me souvenir de tout.

– Je comprends tout à fait.

Il prit deux verres et les posa sur la table, avec la bouteille. Il servit jusqu'à ce que ça déborde et en fit glisser un jusqu'à Stella.

– Merci ! dit-elle.

– Il n'y a pas de quoi, c'est un alcool à base de pomme.

Elle en but une gorgée et s'étouffa presque.

– Ah oui, ce n'est pas un alcool de pédale ça, c'est moi qui vous le dis.

– Je confirme, dit-elle en reposant le verre.

– Ces loups m'ont pris Marcus, mon fidèle ami.

Todd finit son verre en pleurant. Stella ne réagit pas. Elle attrapa le sien, but une autre gorgée d'alcool et s'étouffa de nouveau.

– Ils n'ont aucune pitié, enchaina-t-il.

– Ils veulent juste manger, je pense.

– Manger ? Mais il y a d'autres proies que mon Marcus.

– Ils en ont choisi une facile !

– Connerie !

Todd se leva et s'approcha de la fenêtre pour regarder dehors. Les loups étaient de retour et plusieurs d'entre eux encerclaient la maison.

– Mais bordel, c'est quoi ça ?

– Qu'est-ce qui se passe ? demanda Stella en le rejoignant.

– Ils nous observent.

– Les loups ne font pas ça d'habitude. Une fois qu'ils ont eu leur repas, ils retournent à leur caverne.

— Vous pensez qu'ils veulent nous manger aussi ?

— C'est ce qui pourrait paraître logique, mais je dois avoir bu trop de verres.

— Alors qu'est-ce qu'on fait ?

— Jamais ils ne pourront entrer ici, ils abandonneront avant.

Todd sortit de la cuisine et se dirigea dans la pièce juste à côté. Il revint avec un fusil et plusieurs balles, et se positionna près de la fenêtre.

— Mais je croyais qu'on ne risquait rien ?

— Ça ne veut pas dire qu'il ne faut pas se tenir prêt, dit-il sans la regarder.

Todd, déjà bien alcoolisé, chargea son fusil en laissant tomber quelques balles par terre.

— Vous êtes sûr que vous êtes en état ?

— Oh toi la pute ne commence pas à m'emmerder !

Stella, apeurée, s'écarta de lui.

— Je te connais, ton visage me dit quelque chose. Tu es une putain avec ton corps de rêve, tu as le mal en toi, jamais je ne pourrais oser te toucher.

— Comment tu me connais ?

— Je ne suis pas un fermier de naissance, je ne le suis devenu que depuis la mort de ma femme. Je lui ai fait la promesse de vivre de la nature. Nous étions en cours ensemble à l'époque Stella, et tu étais déjà une pute au lycée.

On entendit un bruit d'arme. Todd se tourna vers elle, elle avait une arme de poing entre ses mains et le visait.

— Pauvre enculé, tu crois me connaître alors que tu ne sais rien de moi.

— C'est vrai, je ne sais pas ce que tu foutais ici dans les bois à une heure pareille, à part pour te faire culbuter.

Elle chargea son arme et Todd pointa son fusil sur elle. On entendit les loups hurler dehors.

— Tu ne fais pas le poids face à moi, Stella, donc ou tu me dis ce que tu fous ici ou tu crèves chez moi, chez Todd Miles !

Elle fut surprise du nom qu'il venait de prononcer.

— Le petit gras ?

— Oui, c'est ainsi qu'on m'appelait à l'école, petit gras, et tu ne t'es pas gênée pour me traiter comme une merde à l'époque. Donc baisse ton arme et dis-moi ce que tu foutais dans les bois ?

Elle baissa un peu son arme, mais Todd garda bien son fusil pointé sur elle.

— Baisse ton fusil également ! lui intima Stella.

— Ça, c'est ce que tu voudrais, mais même pas en rêve. Réponds à ma question.

— Je devais me séparer de quelque chose.

— Ah, de quoi ? D'une bite défectueuse ?

— La ferme, pauvre ivrogne !

Il tira juste à côté d'elle.

— L'ivrogne est un bon tireur donc je serais toi, je ferais gaffe aux mots qui sortent de ma bouche. Tu disais quelque chose ?

Elle ouvrit sa veste et prit quelque chose lorsqu'on entendit un bruit de porte en bois qui se casse au sous-sol. Elle referma vite sa veste et leva son arme vers Todd qui avait déjà tourné la tête.

— C'était quoi ça ? demanda-t-elle.

— Il y a quelqu'un au sous-sol.

— Cette maison à un sous-sol ?

— Oh oui, pour y entreposer les conserves et la viande.

Todd regarda dehors et ne vit plus un seul loup. Il se dirigea vers la porte du sous-sol, située dans le couloir en face de la cuisine, et prit deux lampes torches dans un tiroir.

— J'espère que le fait qu'ils ne soient plus dehors ne veut pas dire qu'ils sont dedans.

— Tu penses qu'ils ont pu entrer dans la maison ?

— Je ne sais pas.

Stella regarda dehors à son tour.

— Et merde !

— Pointe ton arme sur la porte, si tu vois quelque chose, tu tires, dit Todd.

— Même si ce ne sont pas les loups ?

— Ça voudrait dire que c'est un voleur, alors même punition.

— Très bien !

Todd posa sa main sur la poignée de la porte, et souffla un peu avant de l'ouvrir rapidement. Stella pointa vite son arme vers la porte grande ouverte, mais il n'y avait personne dans les escaliers qui mènent en bas. Elle fit signe à Todd, qui passa devant et descendit une marche, lorsque l'on entendit au même moment une vitre se briser au premier étage. Todd se retourna vers elle.

— Ne me dis pas qu'on peut aussi accéder chez toi par l'étage ? dit Stella.

— Non, à moins qu'on grimpe à l'arbre à côté de la maison.

— Génial…

Todd donna une lampe torche à Stella.

— Pour quoi faire ?

— Tu montes au premier, je m'occupe du sous-sol. Tout ce qui bouge et qui n'est pas moi tu le descends.

— Mais attends, tu es fou, je ne vais pas aller toute seule là-haut !

— Écoute, je t'ai sauvé la vie en t'ouvrant la porte de chez moi. Tu le fais sinon la première qui va mourir ici c'est toi !

Il garda l'autre lampe torche avec lui et continua à descendre l'escalier allant au sous-sol.

Stella monta doucement les marches menant à l'étage, la torche dans une main et son arme de l'autre. Une fois là-haut, elle observa le couloir qui s'étendait devant elle et compta quatre portes. Elle ouvrit délicatement une première porte : il s'agissait d'une chambre vide, dont la fenêtre était encore intacte. Elle se dirigea ensuite vers la deuxième porte et tenta de l'ouvrir, mais elle était fermée à clef. Elle voulut la défoncer avec son pied, mais elle eut un moment d'hésitation.

— Il pourrait me tuer pour ça…

Elle se dirigea alors vers la troisième porte. Elle l'ouvrit, jeta un œil à l'intérieur, mais encore une fois n'y constata rien d'anormal.

— Ça doit être dans la chambre fermée à clef!

Elle avança dans le couloir lorsque la porte de la salle de bain, face à elle, s'ouvrit lentement. Elle s'arrêta net et ne bougea plus. Une tête de loup, noire, en sortit tout doucement. Il avait encore les dents teintées de sang, et de la chair de Marcus dépassait sur les côtés de sa bouche. Le loup sortit complètement de la salle de bain et observa Stella en se léchant les babines. Elle pointa son arme vers lui, mais le loup ne bougea pas.

— Tu n'as même pas peur de moi?

Le loup continua de la fixer tout en ayant la gueule ouverte.

— Attaque-moi, je ne peux pas te tuer comme ça, attaque-moi!

Le loup s'allongea de tout son long au sol sans la lâcher du regard.

— Mais tu me cherches en plus, petite boule de poils.

Elle s'avança doucement vers lui, l'arme pointée sur sa tête.

— Je peux te tuer même si tu fais l'innocent, tu as tué l'ami de mon pote et rien que pour ça tu mérites la mort.

Elle continua d'avancer et s'arrêta devant la porte de la chambre fermée à clef.

— Lève-toi au moins, que ça ne soit pas si facile pour moi.

Au même instant, la porte de la chambre s'ouvrit rapidement. Elle tourna la tête et fit une grimace. La chambre était infestée de loups et quelqu'un se tenait au fond de la pièce.

Todd descendit la dernière marche quand il entendit une porte s'ouvrir en haut.

— J'espère qu'elle ne va rien casser, sinon je la tue.

Il éclaira tout le sous-sol, mais il ne vit rien. Il se dirigea vers le fond de la pièce, jusqu'à la porte qu'il pensait cassée, mais elle était en parfait état.

— Ah, je crois que mes oreilles me font défaut.

En revenant vers les escaliers, il aperçut une bouteille posée sur une étagère en bois, usée par le temps. Il se mit à boire et décida de s'asseoir sur une vieille chaise.

— On a juste dû entendre des bruits… Stella, tu peux descendre, c'est la peur qui a joué avec notre imagination, crie-t-il.

Il but une autre gorgée et se mit à pleurer de nouveau en pensant à son âne.

— Oh mon pauvre Marcus, jamais je ne pourrais trouver aussi fidèle ami que toi, se lamenta-t-il en séchant ses larmes. Stella, tu es sourde ou quoi, descends, on a entendu que des bruits de merde, il n'y a rien !

Il n'obtint aucune réponse.

– Oh putain, elle va m'obliger à monter !

Il se leva difficilement de sa chaise et commença à remonter les marches, quand soudain, Stella dégringola l'escalier et atterrit sur lui sans qu'il ne puisse la retenir. Elle était couverte de sang de la tête au pied. La porte du sous-sol se referma derrière elle.

– Mais qu'est-ce que tu fous, Stella ? lança-t-il en se relevant.

Elle s'agrippa à lui en pleurant.

– Prends la clef, prends la clef ! implora-t-elle.

– Quoi, mais quelle clef ? Mais qui t'a fait ça ?

– C'est le vieil homme !

– Quoi ?

– Prends la clef Todd, prends cette putain de clef !

Elle se releva avec difficulté, et Todd remarqua que son corps était recouvert de griffures.

– Les loups t'ont attaqué, Stella !

– Non, c'est le vieil homme.

– Je suis bourré, mais pas aveugle, tu as des griffures de loups.

– Justement…

Elle se mit à tousser et à vomir du sang sur Todd, qui s'écarta, mais trop tard.

– Oh bordel !

Il vomit sur le côté à son tour.

– Si tu prends cette clef, j'ai une chance de m'en sortir !

– Rien à foutre, tu peux crever et garder cette clef.

– Je voulais la détruire tellement elle me rendait dingue et me faisait faire des cauchemars. Mais je n'ai pas pu le faire dans les bois, voilà pourquoi j'y étais… Maintenant que tu sais, prends cette putain de clef.

Au moment de la sortir, Todd lui tira plusieurs fois dessus avec son fusil. Stella tomba au sol et se vida de son sang.

— Je n'ai pas d'ordre à recevoir d'une pute! aboya-t-il en lui crachant dessus.

Épuisé, il s'assit sur la première marche des escaliers en s'essuyant le visage, puis observa la scène et aperçut la clef dépassant d'une poche de la veste de Stella.

— Oh, voilà une belle pièce!

Il s'approcha du corps en tendant sa main pour la toucher, et après un instant d'hésitation il finit par la prendre. Le contact de la clef lui fit ressentir quelque chose et il la rangea vite dans sa poche. Il remonta les marches du sous-sol et se dirigea vers la cuisine. Il posa son fusil, puis jeta un coup d'œil dehors, mais ne vit plus aucun loup. Cependant, le vieil homme debout derrière lui l'observait sans un bruit. Il but une autre gorgée de son alcool et sortit la clef de sa poche.

— Tu es d'une beauté sans égale, s'extasia-t-il.

Todd caressa la clef et se mit à la lécher, elle avait encore du sang de Stella dessus. En voyant la scène, le vieil homme sourit.

— J'espère vraiment qu'elle n'avait pas le sida, cette conne, mais tu es si belle!

Il toucha de nouveau la clef et la rangea dans la poche de son pantalon.

— Personne ne doit y avoir accès, personne!

Il prit son fusil, sortit de la maison et s'enfonça dans la forêt.

Todd marcha pendant un long moment dans la nuit noire avant d'arriver près d'une source d'eau surplombée par un arbre en forme de point d'interrogation.

— C'est parfait! C'est ici que ma beauté sera cachée et personne ne pourra y avoir accès.

Avec la crosse de son fusil, il creusa à quelques mètres de l'arbre. Il y passa énormément de temps et malgré le fait qu'il ait oublié sa bouteille d'alcool, il ne ressentit aucun manque. Il finit par creuser assez profond pour y déposer la clef et referma le trou avec la terre qu'il avait enlevée. Il jeta son fusil plus loin.

— J'ai découvert l'amour une nouvelle fois, il ne peut plus rien m'arriver, ça c'est certain.

Il repartit vers la maison, mais des loups l'observaient pendant qu'il rentrait chez lui. Ils ne l'attaquèrent pas, comme s'ils attendaient qu'il rentre sagement dans la chaleur de son foyer.

Le soleil commençait à pointer le bout de son nez lorsque Todd s'approcha de sa maison. Les rayons du soleil lui caressèrent le visage. Devant ce magnifique spectacle, il décida de s'arrêter et le regarda se lever.

— C'est magnifique!

Il se mit à rire de joie.

— Je t'ai tellement aimé, Marine, mais je crois que je viens de trouver un nouvel amour.

Il souffla de soulagement, de bonheur. Il se dirigea finalement vers sa maison et y entra. La bouteille d'alcool était posée sur la table. Il la prit et la jeta à la poubelle, et fit de même avec toutes les autres. Il ouvrit le frigo, en sortit une bouteille d'eau et se servit un verre. Il but tout en regardant la forêt éclairée par le soleil, à travers sa fenêtre. En voulant finir son verre, il entendit à nouveau un déclic, et une arme pointée derrière lui, lui explosa la tête. Sa cervelle éclata et tout son sang gicla sur la vitre.

La clef de l'âme

Le vieil homme marchait sur le chemin tout près de la maison quand il entendit le coup de feu, suivi du hurlement d'un homme empreint de rage. Le vieil homme sourit fièrement.

— Et de deux !

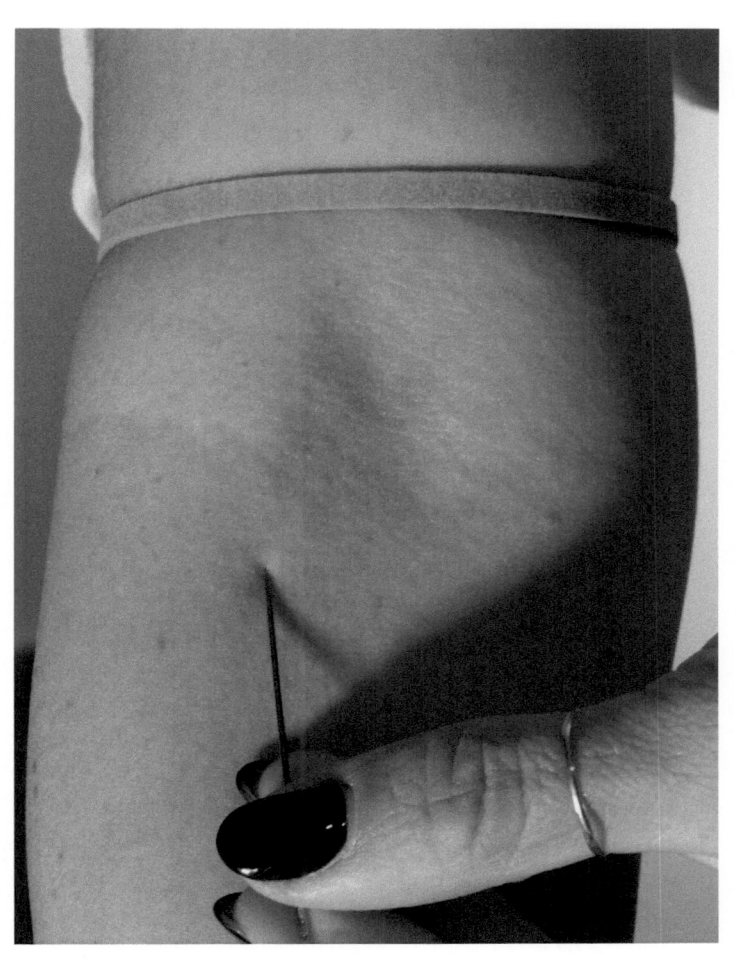

3
ANDREW

Nous sommes en pleine ville. Andrew, un homme d'environ trente ans au crâne rasé et portant plusieurs cicatrices sur le bras, est jeté violemment au sol. Il se releva tout doucement avec l'arcade droite ouverte. Devant lui se tenait un individu bien plus grand que lui, les poings serrés.

— Dégage d'ici sale drogué !

— Mais je veux juste lui parler ! dit Andrew.

— Elle ne souhaite plus te voir.

— Mais sans elle, je suis à la rue !

— Il ne fallait pas continuer sur ce chemin, maintenant, barre-toi de chez elle.

— Tu n'es que son frère, tu ne sais pas ce qu'elle ressent pour moi.

— Oh si, ça t'inquiète, je le sais. Tire-toi de là ! gueula-t-il.

Andrew lui tourna le dos, les yeux brillants de larmes.

— Mais je l'aime…

— Non, tu aimes tes piqûres et tes drogues, et l'on ne veut plus de ça ici.

Andrew se retourna une nouvelle fois, mais le frère le frappa à nouveau. En tombant au sol, sa tête heurta le trottoir et il se cassa le nez.

— Si je te revois ici, je te tue mon gars !

Andrew se mit à pleurer, sans réagir, et resta allongé longtemps. Il se releva plusieurs heures après avec le nez rouge de sang. Il marcha un long moment, jusqu'à ce qu'il arrive derrière le hangar d'une entreprise d'ébénisterie. Il s'assit près des conteneurs à déchets toujours en pleurs.

— Je ne peux pas me contrôler, pourquoi tu me rejettes ainsi…

Une femme approcha pour jeter ses poubelles, et entendit des sanglots, mais sans voir personne.

— Il y a quelqu'un ? demanda-t-elle.

Andrew sécha ses larmes et se leva pour partir quand elle l'interpela.

— Hey, attendez, ça ne va pas ? Qu'est-ce qui se passe ?

Face à l'inquiétude de cette femme, Andrew se retourna tout doucement vers elle. C'était une blonde aux yeux bleus, vêtue d'un débardeur bleu orné d'une feuille de cannabis imprimée.

— Je suis désolé de m'être assis ici.

— Oh, mon Dieu, que vous est-il arrivé ?

— Oh, c'est une longue histoire, mais je ne souhaite pas en parler.

— Vous n'êtes pas tombé sur la bonne personne alors.

— Je ne vous le fais pas dire.

— Non, je veux dire moi, j'adore les longues histoires.

La femme lui sourit et lui fit un clin d'œil.

— Je m'appelle Alice.

— Et moi, Andrew.

— Enchantée Andrew… C'est le week-end, et ce soir je monte chez mon frère, ça vous dit de venir avec moi ?

— Vous ne me connaissez pas…

— Mais vous avez la tête du bon gars qui a juste choisi la mauvaise route.

— Non vraiment, ça me gênerait plus qu'autre chose.

— Vous voyez, vous parlez comme un bon gars.

— Mais ça ne veut rien dire.

— Vous avez besoin de réconfort quoi qu'il arrive et c'est le temps d'un week-end, dimanche soir je vous ramène ici.

— Euh…

— L'hiver est passé, mais le froid est encore là. Je ne vais pas vous supplier non plus…

Andrew la regarda, et elle lui sourit à nouveau.

— D'accord, je veux bien, mais je n'aurais pas de quoi vous remercier.

— L'essentiel c'est d'avoir dit oui.

— Très bien, alors oui ! répondit-il en souriant.

— Parfait ! Je vais fermer, vous m'attendez dix minutes ?

— Oui, vous avez tout le temps que vous voulez, je ne risque pas de disparaître.

— Génial !

Alice repartit vers le hangar. Andrew se frotta les yeux et essaya de croire à ce qui venait de lui arriver.

— Est-ce que pour chaque chute, il y a une solution aussi rapide ?

Vingt minutes plus tard, Alice sortit d'une pharmacie de montagne qu'elle aperçut sur la route. Elle remonta dans sa voiture dans laquelle se trouvait Andrew, assit du côté passager.

— Tiens, mets-toi ça sur le nez, ça te calmera légèrement avant qu'on te soigne là-haut.

— Super merci !

Alice lui tendit un morceau de coton imbibé d'alcool à 90° pour le nettoyer et il hurla de douleur.

— Ah putain ça fait mal !

— Ouais, je sais, mets la pommade ensuite.

Il en appliqua juste un peu tellement la douleur était intense.

— Je vais avoir du mal à faire plus.

— T'inquiètes, je m'occuperai de toi chez mon frère.

— Tu ne crois pas que ça va le déranger ?

— Non, nous sommes une famille accueillante, ne t'en fais pas pour ça.

— Merci infiniment.

— Arrête avec ça, une fois ça suffit, pas toutes les dix minutes Andrew !

— D'accord Alice !

Ils en rirent tous les deux. Alice emprunta une autre route de montagne et la nuit ayant fini par tomber, alluma les pleins phares.

— Encore une bonne demi-heure avant d'arriver, l'informa-t-elle. Raconte-moi un peu ton histoire.

— Oh, difficile d'en faire le récit, si je te dis tout tu vas partir en courant.

— C'est mal me connaître, allez, lâche-toi, tu as l'air d'un bon gars. Ce que tu trouves de si horrible à me dire, je suis sûre que ce n'est pas grand-chose.

— Alors pour commencer, je crois qu'on pourrait me qualifier de toxico.

Il y eut un silence de quelques secondes dans la voiture.

— Et c'est tout ? Ton histoire se termine là ?

— Tu as bien entendu ce que je viens de te dire ?

— Oui et alors ? C'est quoi la suite ?

Andrew la regarda, stupéfait.

— Je pensais que ça allait te surprendre et que t'allais me laisser ici.

— Tu ne connais pas mon frère, c'est pour ça.

— Ok… Alors ma copine, enfin mon ex-copine…

— Oh, je suis navrée.

— Merci… M'a largué à cause de ça.

— Parce que tu te drogues ?

— Oui, absolument.

— Elle ne comprend rien à la vie, se sentir planer ça fait un bien fou n'est-ce pas ?

— Oh oui, grave…

— Du coup, son frère s'en est mêlé et elle m'a jeté dehors… Enfin, c'est son frère qui m'a jeté dehors à coup de poing, d'où l'état de ma gueule maintenant.

— C'est moche, mais quand on tombe, on doit se relever au plus vite.

— Pas faux, et c'est grâce à toi que j'ai pu le faire.

À cet instant, Alice bifurqua et emprunta une autre route encore plus étroite.

— C'est vraiment perdu ! dit-il en observant les alentours.

— Oh oui, mais il n'y a rien de mieux que là-haut pour se sentir reposé et bien dans ses baskets.

— Si tu le dis, répond-il sceptique.

— Tu peux avoir confiance, enchaina-t-elle en lui souriant.

Ils finirent par arriver au chalet de son frère, une grande bâtisse en bois construite sur deux étages, avec une vue spectaculaire sur les montagnes avoisinantes. Alice fit signe à Andrew de monter sans faire de bruit. Une fois en haut, elle alluma les lumières et ferma la porte à clef. Andrew put alors s'extasier devant une immense pièce aménagée en studio.

— Tu as ton propre étage ?

— Mon frère a le bas et moi le haut.

— Le pied !

— Tu l'as dit ! Allez, un bon bain pour te détendre pendant que je soigne un peu mieux ton nez.

Elle enleva son haut alors qu'elle ne portait pas de soutien-gorge, révélant une poitrine généreuse. Elle fit un clin d'œil à Andrew et retira le bas avant de se diriger vers la salle de bain.

— Je dois être en train de rêver, faut que je me réveille, c'est pas possible !

Le soleil venait à peine de se lever, mais les oiseaux faisaient déjà beaucoup de bruit. Andrew se réveilla dans le lit d'Alice. Il ouvrit les yeux et constata qu'un fusil de chasse était pointé sur lui. Il resta immobile et leva uniquement son regard sur l'homme qui le tenait en joue.

— T'es qui toi ? Et qu'est-ce que tu fous dans le lit de ma sœur ?

— Je suis Andrew, un ami.

— Un ami ?

Alice arriva en courant.

— Frérot, arrête de faire peur à notre nouvel acheteur !

— Quoi, lui ?

— Ouais, c'est un pur, il aime ce qui est bon.

— Vraiment ?

Le frère se retourna vers Andrew, le fusil toujours pointé sur lui.

— Je m'appelle C.J ! dit-il en le baissant.

— Et moi, Andrew.

— Enchanté Andrew, mais j'attends de voir si ce qu'elle dit est vrai.

— À quel sujet ? demanda Andrew en se tournant vers Alice.

— On va te montrer, dit-elle.

— Allez, lève ton gros cul de ce lit.

Andrew s'exécuta et s'habilla à toute vitesse avant de les suivre.

C.J arriva devant une serre. Il posa son fusil et attendit Andrew.

— Si tu racontes à quelqu'un ce que tu as vu, je te tue, compris ?

— Oui, tu peux compter sur moi, ton secret sera bien gardé.

— Mais je ne te connais pas, donc je vais avoir du mal à te croire.

Alice les rejoignit, une sucette dans la bouche. C.J ouvrit la porte de la serre, laissant place à une grande plantation de cannabis. Andrew sourit et entra.

— Oh nom de Dieu!

Il sauta presque de joie.

— Je crois que les rêves existent.

— Oh ça oui, et Dieu n'y est pour rien, l'homme est le plus fort au monde! enchaina C. J.

— C'est ça que tu m'as donné hier? demanda Andrew à Alice qui acquiesça.

— Alors, tu veux en prendre? l'interrogea C.J.

— Comment ça?

— Je peux te faire un prix.

— Je n'ai pas d'argent, pas de boulot, je ne peux pas t'en acheter même si j'aimerais vraiment.

— Ok alors tu dégages d'ici.

— Attends, on peut trouver un compromis! dit Alice.

— Lequel? Moi je veux faire du fric, et ce n'est pas avec un gars fauché que j'en ferai, sœurette.

— Je sais, mais regarde… on voit dans ses yeux un côté bon qu'il faut exploiter.

— Et comment?

Andrew s'avança vers eux.

— Tu veux t'agrandir? demanda-t-il.

— Quelle question! Bien sûr que je veux m'agrandir. Pourquoi?

— Les cultiver sous serre c'est génial et rapide, mais tu veux gagner en qualité, n'est-ce pas?

— Oui, comme tout le monde.

— Alors il leur faut de l'air pur.

— Non, elles vont crever.

— Pas si on les place dans un lieu bien précis.

— Cette forêt est bien trop infestée de monde !

— Pas forcément partout, il faut dénicher le bon endroit, et là je peux te planter le meilleur cannabis au monde.

C. J. s'approcha doucement d'Andrew et l'agrippa par le cou.

— Tu ne serais pas un putain de flic ?

— Oh non, je ne risque pas, je te le jure !

— Bien alors, trouve-le, dit C.J en lâchant Andrew.

— Et en échange ?

C.J se retourna alors qu'il s'apprêtait à sortir.

— Le temps que tu trouves et que ça se cultive, tu restes ici à l'œil, mais si jamais tu n'y arrives pas, je te jette dans un trou.

C.J ressortit de la serre et Alice en profita pour sauter sur Andrew.

— Mon frère a réussi à te comprendre !

— Elle ne me rassure pas vraiment la fin de sa phrase.

— Tu as le bon en toi, tu vas y arriver !

Quelques jours plus tard aux environs de midi, Andrew, une pelle à la main, s'arrêta en haut d'une colline pour admirer la vue. On pouvait apercevoir en contrebas un village, perdu au milieu des arbres. Il s'assit et prit un sandwich de son sac à dos, après avoir posé son outil près de lui. Il mangea, puis s'alluma un joint tout en sortant des jumelles pour observer un peu mieux ce qui se trouvait aux alentours du village. Il put voir la maison de Todd, puis une forêt bien dense, et enfin l'arbre en forme de point d'interrogation. Il examina tout ce qu'il pouvait y avoir aux alentours puis posa doucement ses jumelles.

— Ça pourrait être là !

Il finit son sandwich, reprit son sac à dos et sa pelle, et entreprit de descendre la colline.

Une fois en bas, il traversa le pont où Todd s'était ouvert le nez, et entra dans la forêt où Marcus, l'âne de Todd, avait été dévoré par les loups. Il aperçut même des morceaux de squelette éparpillés un peu partout.

— Les animaux règnent ici, c'est parfait !

Après quelques minutes de marche, il arriva tout près de la maison de Todd.

— Tu es mon unique barrière, dis-moi que tu es abandonnée !

Il passa l'obstacle et s'avança doucement vers la porte d'entrée. Il frappa et celle-ci s'ouvrit toute seule. Il y entra.

— Il y a quelqu'un ?

Personne ne répondit. Il chercha des traces de vie au rez-de-chaussée, ainsi qu'à l'étage, mais ne vit personne. Même la chambre dans laquelle les loups avaient massacré Stella était propre, et ne présentait aucune empreinte de ce qui était arrivé. Il ne subsistait que la poussière accumulée depuis un moment.

— Pas abandonné, mais tout comme !

Il récupéra sa pelle laissée en bas et se mit en marche vers la forêt dense. Il la traversa et parvint près d'un faible cours d'eau, étroit, mais rapide. Il dut sauter par-dessus pour atteindre l'arbre en forme de point d'interrogation.

— Étrange, mais magnifique !

Il examina le sol et prit quelques photos.

— Maintenant, faut voir ce dont la terre est capable.

Il posa son sac à dos, et commença à creuser. Après quelques coups de pelle, il farfouilla la terre et se mit à sourire.

– Elle est parfaite! Et avec le cours d'eau à côté, elle sera fertile.

Il continua de creuser à plusieurs endroits différents pour vérifier l'état de la terre, avant de s'arrêter près de l'arbre étrange.

– Là, ce serait pas génial, mais il faut quand même essayer.

Il creusa une dernière fois, mais se rendit vite compte que la terre avait déjà été retournée.

– Ah merde!

Il finit par toucher quelque chose.

– Ce doivent être les racines de l'arbre.

Il posa la pelle et enfonça sa main dans la terre. En explorant, il toucha ce qui semblait être du métal, et tandis qu'il avait toujours son joint dans la bouche, il le cracha violemment en poussant un cri de douleur. Il en ressortit un objet en forme de clef, et le relâcha aussitôt. Sa main brûlait, alors il se précipita vers le cours d'eau tout proche pour la plonger dedans et soulager sa douleur.

– Mais qu'est-ce que c'est que ce truc? dit-il en soufflant de soulagement.

Il retourna doucement vers la clef, l'enveloppa dans un torchon et la glissa dans son sac tout en jetant un œil autour de lui. Il n'était pas dans son assiette, alors il repartit très vite, laissant le trou ouvert et la pelle posée sur le côté.

Quelques heures plus tard, il arriva au village tout pâle et essoufflé.

– Il me faut de l'eau!

Il se dirigea rapidement vers le premier bar qu'il trouva, mais avant d'y entrer, il heurta un vieil homme.

— Oh depuis toujours! hurla-t-il.

— Je suis désolé mon vieux, mais j'ai besoin de boire de l'eau.

— Oh depuis toujours!

Le vieil homme lui fit un doigt pendant qu'Andrew entra avec fracas et posa ses fesses sur la seule chaise libre du bar.

— Barman, il me faut de l'eau, et vite!

Le barman s'approcha doucement.

— Tu crois que tu peux me donner un ordre dans mon bar, toi, un étranger?

— C'est urgent, il me faut de l'eau.

Andrew posa son sac à dos au pied de sa chaise pendant qu'un homme se retourna pour l'examiner.

— Vas-y, Sean, sert-le! dit l'homme.

— Je ne devrais pas, cet enculé m'a donné un ordre dans mon bar.

— Ouais, mais regarde-le, il a l'air mal en point.

— Mouais… un drogué!

— On dirait!

Andrew se tourna vers cet homme à la peau foncée, qui était assez musclé et bien habillé. Le barman lui donna son verre d'eau tout en ayant craché dedans avant.

— Vous vous appelez? demanda Andrew.

— Je m'appelle Cory.

— Enchanté, et merci mon gars.

Andrew prit le verre du barman et le but d'un trait.

— Je vous dois combien?

— Dégage ton cul de mon bar.

Andrew hésita à lui répondre.

— Je serais vous, je ferais ce qu'il dit. Cassez-vous d'ici maintenant que vous avez votre verre d'eau, dit Cory.

— D'accord, merci !

Andrew repartit vite.

— Aucun drogué n'est autorisé dans ce bar, dit Sean.

— Ah ouais et C.J ? enchaina Cory.

— C'est différent, ce que produit C.J peut peut-être aider ma fille à moins souffrir.

— Si tu le dis, une drogue reste une drogue pour moi.

— Bref, bon débarras. Tu veux autre chose ?

— Non, ça ira.

— Alors, tire-toi aussi si tu es là juste pour me contredire.

Cory se mit à sourire et joua avec son cure-dent.

Andrew arriva devant la maison de C.J avec un peu de fièvre. Celui-ci l'attendait avec son fusil en main.

— Alors ?

— Je ne veux pas en parler.

— T'as dit quoi là ?

Il pointa son fusil sur Andrew.

— Je me fous que tu le veuilles ou non, as-tu trouvé un lieu ?

— Non, le seul que je pensais convenable n'était pas disponible.

— Et pourquoi ça ?

— Car la terre n'était pas bonne.

C. J. approcha son arme de la tête d'Andrew.

— Je crois que tu me prends pour un con, Andrew ! Et tu ne peux pas savoir à quel point je déteste ça.

— Mais je te dis la vérité !

— Tu veux me doubler, c'est ça ?

— Non, bien sûr que non, mais j'ai dû choper un truc, car je ne me sens pas bien.

— Raison de plus pour que je te flingue ici, drogué de merde !

— Moi le drogué ? Tu n'as pas vu la serre derrière toi !

— Ta gueule.

C.J s'apprêta à tirer, mais il hésita, et Andrew en profita pour lui prendre son fusil et lui exploser la tête. Du sang gicla sur son visage.

— Réfléchis-y à deux fois avant de braquer un homme, sois sûr de le tuer ! ricana-t-il tout en s'essuyant. Mon Dieu, mais il y avait quoi sur cette clef ?

Il s'avança pour entrer dans la maison quand il s'arrêta et posa un genou au sol.

— J'ai quand même vraiment envie de gerber, j'ai dû choper un virus, mais cette clef…

À cet instant, on entendit un déclic d'arme juste derrière lui. Andrew perdit son sourire et ne bougea plus.

— Où est-elle ? dit une voix d'homme derrière lui.

— Je ne sais pas de quoi vous parlez.

— On peut faire simple ou simple, mon gars !

— Difficile comme décision.

— Tu as choisi simple.

La tête d'Andrew explosa dans la seconde qui suivit. L'homme s'empara de son sac à dos et fouilla dedans, mais n'y trouva pas la clef.

— Tu crois que ça va me décourager ?! dit-il en souriant nerveusement.

Le vieil homme, caché dans les bois, était en train de l'observer.

— Et de trois… sale traître !

Le vieil homme sourit d'un air satisfait.

4
CORY

Cory quitta le bar avec un grand sourire. Il arriva près de sa voiture, une Audi haut de gamme rouge vif, y entra puis sortit la clef de sa veste.

— Ça, c'est une belle clef!

Il l'admira sans savoir quoi en faire lorsque des frissons lui parcoururent le dos, le faisant souffler.

— En tout cas, elle fait de l'effet cette clef. Étrange… je verrai à qui je pourrais la refourguer en ville.

Il alluma le moteur de l'Audi — l'un des plus beaux bruits que puisse faire une voiture — mit ses lunettes de soleil et démarra en trombe. Il arriva près d'un rond-point à une vitesse folle et ne vit pas le vieil homme traverser sur le passage piéton. Il s'arrêta au dernier moment, surpris et un peu en panique.

— Oh depuis toujours! hurla le vieil homme.

— Excusez-moi!

— Oh depuis toujours!

Le vieil homme s'approcha de la portière de Cory.

— Je ne vous ai pas touché?

— Oh depuis toujours!

— Je ne comprends pas.

— Oh depuis toujours!

Le vieil homme regarda la clef que Cory avait laissée sur le siège passager. Il lui fit un clin d'œil.

— Oh mon gars, je peux vous aider?

— Oh depuis toujours! répéta le vieil homme avec un grand sourire.

Il recula et partit dans l'autre direction, laissant Cory seul.

— Il y a toujours des vieux fous dans les villages.

Au moment de repartir, il regarda la clef, la prit et la rangea dans la boite à gants. Il monta le volume de la musique et poursuivit sa route.

Le lendemain matin, Cory se rendit dans une salle de sport pour faire du tapis de course. Il s'installa et but une gorgée d'eau quand il vit deux femmes arriver près de lui pour courir aussi. Elles avaient toutes les deux de magnifiques bijoux aux poignets. Cory s'arrêta pour les observer, tout en finissant sa bouteille d'eau. L'une d'elles lui fit un clin d'œil, qu'il lui rendit, ce qui l'encouragea à s'approcher d'elles.

— C'est rare de vous voir ici les filles.

— Ce n'est que la seconde fois.

— Ah! C'est pour ça, je comprends mieux.

— Vous venez souvent, vous? demanda celle qui lui avait fait un clin d'œil.

— C'est ma deuxième maison, répondit-il d'un air amusé.

Les deux femmes se mirent à rire.

— Je m'appelle Cory!

— Moi, c'est Greta.

— Et moi, Julia!

— Enchanté les filles!

Il prit les mains des deux femmes et déposa un baiser sur chacune d'elles.

— À une prochaine fois, j'espère.

— Oh, ça, vous pouvez compter sur nous, on est là pour perdre du poids, dit Greta.

— Pourtant, vous n'en avez pas besoin.

— Vous voulez nous faire rougir?

— Qui sait, peut-être! répondit-il en leur faisant un clin d'œil.

— À très vite!

Sur ces mots, il partit et se dirigea vers les vestiaires.

— Voilà un beau mec.

— Tu veux dire un bon mec!

Cory ouvrit son casier, et en souriant, il sortit de ses poches les bijoux des deux femmes.

– Je suis trop bon pour ça. Don utile numéro 1 !

Dans l'après-midi, Cory s'assit à la terrasse d'un café. Il passa commande puis un homme arriva à sa hauteur, lui fit la bise, et s'installa face à lui avant de commander aussi.

– Cory, comment vas-tu mon frère ?

– Mark, petit frère ! Comme sur des roulettes, et toi ?

– Des roulettes, tu ne crois pas si bien dire !

Cory but une gorgée de son café et leva les sourcils.

– Tu peux développer, petit frère ?

– Tu ne sais pas pourquoi je t'ai donné rendez-vous dans ce café ?

– Non pourquoi, c'est ici que tu as perdu ta virginité ?

– Non, je n'ai jamais braqué ce resto.

– Ah, il va falloir être plus clair alors, petit frère.

– Regarde à ta droite.

Cory posa doucement son café, jeta un œil et aperçut une banque. Il se tourna de nouveau vers Mark.

– Mais encore…

– Tu ne vois pas ce que je veux faire ?

– Non, mais développe.

– Je vais lui faire sa fête à cette banque !

Cory observa les gens autour de lui, mais personne n'entendit ce que son frère venait de dire.

– Tu crois que c'est aussi facile que ça ?

– Attends, où est passé mon frère, le meilleur voleur de tous les temps !

La femme derrière eux les regarda.

– Mets une sourdine petit frère, où je t'explose les dents sur la table.

Mark, vexé, perdit son sourire.

– Qu'est-ce qui t'arrive ?

– Rien, mais je pense que ce n'est pas le bon endroit pour parler de ça.

– Ah oui, monsieur se croit au-dessus des autres !

– J'ai dit, calme, petit frère.

Mark commençait à perdre patience et à respirer de plus en plus fort. Il finit par se lever de table et s'en alla.

– Petit con ! lança Cory.

Il laissa assez d'argent et partit à la poursuite de Mark.

– Hey petit frère.

Mark qui n'avait même pas eu le temps de traverser la route s'arrêta et se retourna vers son grand frère. Cory arriva à sa hauteur et le prit par l'épaule.

– J'ai ma voiture garée juste à côté de la banque, allons en parler dedans.

Mark le regarda en souriant.

Cory ferma la voiture à clef, laissant les vitres entrouvertes, et examina la banque.

– C'est quoi ton idée ?

– Je connais le vigile de l'entrée, il nous laissera passer sans souci et pourra contrôler les alarmes servant à prévenir les flics.

– Et…

– Tu pourrais déjà dire que c'est top ça !

– Et ?

Mark s'installa mieux sur son siège et pointa du doigt une porte juste à côté de la banque.

– Cette porte donne accès directement à la salle des coffres.

– Les coffres ont toujours des millions de combinaisons, on sera morts avant d'avoir eu le temps d'essayer un code.

— Mais la première serrure, avec notre vigile dans la poche, c'est du tout cuit.

Cory le regarda un peu surpris.

— Mais…

— Il y a du fric en dehors des coffres-forts, avant l'arrivée des fourgons blindés.

— Mais encore…

— Du coup, on récupère tout ce qu'il y a à l'entrée des coffres.

— Combien ?

— Je ne sais pas exactement, mais t'as vu la taille de cette banque ? Ça doit valoir un paquet.

— Comment être sûr de tout ?

— J'ai déjà cherché toutes les infos et je les ai testées.

— Et ton gars ?

— C'est un mec de confiance.

Cory prit un bonbon et se mit à réfléchir.

— Tu veux faire ça quand ?

— Le jeudi matin, c'est là qu'il y a le moins de monde.

— Tu sais qu'il y a toujours de la casse.

— Tant que les flics n'arrivent pas, il n'y a pas de quoi avoir peur. On n'est pas aux States ici, tout le monde n'a pas d'arme.

Cory laissa un blanc et prit un autre bonbon.

— Il me faut une réponse grand frère.

— Je veux voir ton gars avant de le faire, si je le sens on le fait sinon c'est déjà de l'histoire ancienne.

— Parfait, je comprends.

— Demain à 18 h au bar de Sean.

— Dans les montagnes !

— Je veux le voir en terrain inconnu.

— Ok, très bien.

— Demain, à 18 h… maintenant, casse-toi de ma caisse.

— Mais tu ne me ramènes pas ?

— Tu es venu par tes propres moyens donc tu peux repartir par tes propres moyens.

Mark secoua la tête et sortit de la voiture en claquant la portière. Cory démarra et s'en alla rapidement.

En rentrant chez lui, Cory souffla un peu. Il commençait à avoir des bouffées de chaleur. Il mit sa main devant la bouche puis se palpa jusqu'à sentir la clef dans la poche de sa veste. Il la sortit, la posa sur le plan de travail de la cuisine, et commença à aller mieux.

— Mais c'est quoi cette clef ?

Sa femme s'approcha de lui alors il rangea rapidement la clef dans l'un des tiroirs.

— Tu rentres bien tôt !

Elle l'enlaça et l'embrassa, habillée en petite tenue.

— Tu sais que les voisins peuvent nous voir.

— Je n'en ai rien à foutre ce soir, j'ai envie de toi.

— C'est ce soir ?

— Oui, j'ovule.

Cory sourit à cette annonce, et elle l'emmena dans la chambre où ils firent l'amour. Ils étaient tous les deux nus, couchés tranquillement l'un à côté de l'autre. Elle avait sa tête posée sur le torse de Cory, qu'elle caressait.

— Demain soir, je rentrerai tard.

— Pourquoi ?

— Je dois voir mon frère.

— Ah…

Elle s'écarta de lui.

– C'est pour boire un verre.

– Ouais, c'est ça !

– Je t'ai promis de ne plus recommencer, tu le sais.

– De ne plus voler ? Tu t'en crois capable ?

– Bien sûr, je n'ai pas fait ça depuis une éternité.

Elle se leva et enfila sa robe de chambre.

– On essaye d'avoir un bébé et je ne veux pas d'un père voleur pour mon enfant.

– Et j'en suis bien conscient.

– Prouve-le !

– Je vais juste boire un coup avec mon petit frère, je n'ai pas le droit ?

– Si bien sûr !

Elle se frotta les yeux et essaya de se calmer.

– Alors pourquoi tu me fais toute une scène ? Je vais boire un coup avec mon petit frère et si tu ne me crois pas tu peux lui envoyer un message, il te le confirmera.

– Ça va, c'est bon… vous allez où ?

– Au village.

– Aussi loin, pourquoi ?

– Parce que j'en ai envie… je n'ai pas le droit non plus de vouloir aller là-haut ?

– Tu rentres avant minuit.

– Oh, tu me donnes une heure pour rentrer maintenant.

– Oui, surtout après tout ce que tu as fait.

– J'ai été arrêté, et j'ai purgé ma peine pour les vols que j'ai commis.

– Ouais, mais pas ton frère.

– Ah, arrête, tu es sur un terrain glissant et crois-moi si je m'énerve vraiment, tu vas le regretter.

Jenny sortit de la chambre en claquant la porte. Cory secoua la tête et la suivit. Pour se calmer, il décida de faire du sport et se dirigea vers une autre pièce de la maison, qu'il avait transformée en salle de musculation. Pendant ce temps, Jenny était assise sur le canapé du salon, et regardait une série tout en mangeant du popcorn. Une fois la séance de sport de Cory terminée, il la rejoignit et s'assit à côté d'elle tout en la regardant.

— Je veux bien m'excuser d'être allé un peu loin, si tu acceptes ce cadeau.

Il lui présenta une boite à bijoux noire. Au moment où elle voulut lui répondre, il ouvrit la boite et l'on découvrit les bijoux volés aux deux femmes de la salle de sport.

— Et avant que tu ne dises quoi que ce soit, je les ai payés moi-même sans les voler, tu pourras le vérifier sur le relevé de banque.

Elle hésita à prendre la boite.

— Ah non, il va me falloir des excuses avant.

— Ce n'est pas à moi d'en faire.

— Tu m'as manqué de respect et pour le futur père de ton enfant je trouve ça très déplacé.

— Par moment, la confiance me fuit avec toi !

— D'accord…

Cory se leva et rangea la boite dans la poche de son short.

— Je vais être gentil, car tu es une femme, mais tu ne revois pas ma gueule avant demain soir.

— Quoi ?

— Tu veux jouer la têtue, ben moi aussi. Je vais dormir chez mon petit frère ce soir le temps que tu te calmes.

— Ouais c'est ça, pour parler de votre prochain coup !

— T'es conne ou tu ne comprends rien ?

— Quoi ? Moi, conne ?!

— Ouais, donc écoute-moi bien, si demain en rentrant tu n'es pas plus calme, tu te casses de chez moi ! Ok ?

— Que de la gueule Cory, tu ne peux pas vivre sans moi!

— J'espère que tu as compris.

Il prit des affaires dans la chambre et se dirigea vers la cuisine. En arrivant, il ouvrit l'un des tiroirs et saisit la clef qu'il rangea dans son sac. Il sortit ensuite de l'appartement en claquant la porte.

Cory roula très vite sur les routes de montagnes si bien que Mark se cramponnait à son siège.

— Je sais que Jenny t'a mis en rogne, mais ce n'est pas pour ça qu'il faut nous tuer tous les deux!

— Ne commence pas toi non plus. J'espère vraiment que ton mec est parfait sinon je te pète ton dentier.

— Il l'est, je te le jure.

— J'espère pour toi!

Il arriva dans le village et gara violemment sa voiture devant le bar. Il souffla pour se calmer et toucha sa veste pour s'assurer que la clef était toujours là.

— Tu es sûr que ça va?

— Oui, allez dehors!

Ils sortirent de la voiture et entrèrent dans le bar. Le gars de confiance était déjà là, et ils le rejoignirent.

— Aaron, je te présente Cory, mon frère, dit Mark.

— Enchanté!

— Pareil!

Aaron était assez grand, très propre sur lui, les cheveux courts.

— Je ne vais pas y aller par quatre chemins! dit Cory.

— C'est toujours mieux.

— Est-ce que tu as déjà fait une chose pareille?

— Bien sûr, deux fois déjà, c'est mon truc.

— Deux fois? Où et quand?

— Une banque dans le Nord et l'autre dans l'Ouest. Jamais dans le Sud, c'est le moment ou jamais.

— Comment ça s'est passé chaque fois?

— Comme ça se passera pour nous.

— Tu crois que je rigole mon gars? Donne-moi les détails ou tu ne sors pas de ce bar vivant.

Aaron regarda Mark, surpris, mais ce dernier lui fit comprendre de toujours regarder Cory.

— Hey, tu me parles à moi, pas à mon petit frère donc tu me regardes mon gars.

Aaron tourna alors son regard vers Cory.

— Grâce à des connaissances, je m'infiltrais dans les banques comme agent de sécurité, et faisait passer mes complices. On prenait toujours ce qui était visible, jamais les gros coffres, sinon c'est là que les flics rappliquent.

— Tu ne coupais pas les alarmes?

— Si bien sûr, mais il y en a toujours une qu'on ne me signale pas.

— Et donc!

— Les gens activent souvent les alarmes silencieuses, mais celles-là, je les désactive. Ça nous laissera le temps de prendre le fric visible et de partir avant qu'une autre ne sonne et que les flics ne viennent nous arrêter.

Cory s'installa un peu mieux sur sa chaise de bar.

— Donc ça s'est passé comme ça chaque fois?

— C'est de cette façon que je travaille!

Cory acquiesça, Mark sourit et fit un clin d'œil à Aaron.

— Et c'est ainsi que ça va se passer avec nous? demanda Cory.

— Absolument, je ne change pas ma façon de faire parce

que c'est vous et que je connais bien Mark. Je le fais ainsi, car c'est ce qui marche!

— Bien… Et ta part?

— Je prends vingt pourcent du butin.

— C'est tout?

— Oui…

— On pourrait faire parts égales! dit Cory.

— Non, il a dit vingt, c'est bon frérot.

— Non, je suis un voleur, mais pas quand je bosse avec des gens. Je veux des parts égales ou tu ne sors pas de ce bar vivant.

Aaron se mit à sourire.

— Ce qui veut dire trente-trois pourcent?

— Exactement!

— Alors là je signe doublement.

— Oh! On pouvait gagner du fric, dit Mark.

— Si ça marche, ce n'est pas la seule banque qu'on fera!

— Très bien, Cory, ça me va très bien même!

Aaron leva sa bière, Cory et Mark firent de même.

— À notre collaboration.

— Je valide! dit Cory.

Ils burent toute la soirée puis Cory finit par regarder l'heure.

— Bon, il faut rentrer.

— Tu as une heure pour rentrer! Mais grand frère, tu n'habites plus chez maman!

— Ne me casse pas les couilles et bouge ton cul.

Mark se leva un peu agacé. Cory dévisagea Aaron.

— On se retrouve le samedi 14.

— Oui, chef!

Ils partirent vite.

Cory rentra chez lui, et vit l'étendue des dégâts. Les pièces étaient comme on pourrait dire détruites. Jenny arriva peu de temps après, le sourire aux lèvres.

— T''es contente de toi salope ! gueula Cory.

— Oh, ben tu récoltes ce que tu sèmes.

— Ok, tu l'auras voulu.

Cory sortit la clef de la poche gauche de sa veste et la frappa pour la première fois au visage. Elle tomba au sol, le crâne ouvert.

— Putain, mais t'es dingue !

— Et tu n'as encore rien vu !

Il leva haut la clef et la frappa à nouveau jusqu'à lui perforer le crâne. Jenny finit par mourir en se vidant de son sang.

— Là, tu as compris pauvre conne que tu n'es qu'une salope sans cervelle !

Cory souffla un grand coup et hurla de rage. Il s'assit sur le canapé, secoua la tête et prit son téléphone pour appeler son frère.

— Petit frère, j'ai besoin d'un nettoyeur chez moi au plus vite.

Il raccrocha et se mit à rire de soulagement.

— Pourquoi veut-on être en couple franchement, il n'y a rien de pire sur terre.

Il regarda la clef et essuya le sang de Jenny.

— Mais toi tu es un mystère qui me donne envie de faire des bêtises. Tu es quoi à la fin ?

Il l'examina pendant un long moment jusqu'à ce que ça frappe à la porte.

Le jour du casse, le samedi 14, il faisait beau et un peu chaud. Cory et Mark étaient dans leur voiture pas très loin de la banque. Mark mâchouillait un bout de stylo pendant que Cory croquait un nouveau bonbon. Ils regardèrent leur montre.

— C'est parti ! dit Cory.

— En avant pour le fric ! enchaina Mark.

Ils enfilèrent tous deux des masques : Cory, celui de Predator et Mark, un masque représentant la tête d'un grand requin blanc. Ils sortirent de la voiture, se dirigèrent jusqu'à l'entrée de la banque et dégainèrent les armes. Ils défoncèrent la porte d'entrée et se mirent à tirer dans tous les sens. Les gens hurlèrent de peur.

— Tout le monde à terre et ferme sa gueule ! cria Cory.

Au moment où Aaron voulut prendre son arme, Cory le frappa au visage. Il vacilla et Mark finit par le faire tomber au sol.

— N'essaye pas de faire le malin, et donne-moi les clefs.

— Vous faites une belle connerie, vous n'arriverez pas aux coffres avant que la police ne soit déjà là.

— Ça, c'est ce qu'on verra !

Mark lui prit violemment les clefs et les donna à Cory qui fila vers les coffres. Il ouvrit la première grille et aperçut tout l'argent qu'il y avait dedans.

— Putain de merde !

Il se mit à rire tout en ouvrant son sac et y jeta tout l'argent qu'il pouvait.

— Premier sac, bouge-toi ! hurla Cory.

Mark ricana et courut en direction de la salle des coffres. Il récupéra le premier sac et ouvrit la porte secrète qu'il avait montrée à Cory le jour où ils ont pris le café ensemble. Il se précipita jusqu'à la voiture et rangea le sac.

— Allez, bouge grand frère, bouge !

Cory referma le second sac et entendit au même moment les sirènes de la police.

– Déjà !

Il regarda vers la salle principale et vit Aaron évacuer le personnel.

– Enculé !

Il attrapa vite le sac et sortit de la banque en passant par la porte secrète. Il se dirigea vers la voiture et entendit les sirènes de la police se rapprocher de plus en plus. En arrivant, il vit son frère sans vie, une balle dans la tête. Il resta d'abord bouche bée puis commença à pleurer. Au même moment, il sentit une arme pointée sur sa tempe. Cory n'eut pas le temps de réagir, il se fit exploser la tête. Le tireur lui fouilla les poches, mais il n'y trouva rien. Il se retourna et marcha en direction de la banque. Il vit Aaron faire sortir le personnel et les civils pour les mettre à l'abri. L'homme aperçut dans la poche droite du pantalon d'Aaron la forme de la clef. Les flics arrivèrent au même instant.

– Cette fois-ci, je sais qui est ma prochaine cible ! dit l'homme.

Le vieil homme était assis à la terrasse du café d'en face et était un peu contrarié.

– Et merde ! dit-il en frappant fort sur la table.

5
AARON

Aaron attendit avec les clients de la banque le temps que la police procède à tous les interrogatoires. Un agent leur demanda si quelqu'un avait vu le tireur de Cory et Mark, mais personne ne put leur répondre. Alors avant de partir, il répertoria les noms de tout le monde au cas où la police aurait d'autres questions. Aaron s'approcha de la voiture près de laquelle gisait les deux cadavres, mais on l'empêcha d'aller plus loin.

— Je suis désolé, mais c'est une scène de crime, veuillez quitter les lieux, lui dit un autre agent.

— Je désirais juste voir, ce sont quand même eux qui m'ont frappé.

— Et bien, un taré a voulu jouer au justicier !

Aaron finit par partir pour ne pas énerver plus le policier qui avait l'air tendu comme si c'était la première fois qu'il voyait une scène de crime.

Il rentra chez lui le visage tout en sueur, mais avec un grand sourire aux lèvres.

— Ils ont été punis, c'est énorme, ce sont les premiers qui le sont depuis que je fais ça !

Il toucha sa poche et sentit la clef. Il la prit et la regarda.

— J'ai bien fait de te garder avec moi ma belle... Je vais devoir te vendre pour devenir riche !

Il se dirigea vers son ordinateur et commença à chercher des billets de train. Il finit par en trouver, les imprima et les mit dans la poche de sa veste.

— Demain est une nouvelle journée, 3 h de trajet avant de faire fortune !

Il posa la clef sur la table du salon et alla cuisiner.

C'était le matin très tôt, le train d'Aaron venait d'entrer en gare. Il faisait un arrêt de quinze minutes avant de repartir en direction d'Avignon.

Au moment où Aaron arriva à la gare, le vieil homme, assis à l'entrée, lui prit la jambe.

– Oh depuis toujours !

– Lâche-moi, sale clodo.

– Une pièce !

– Va crever !

– Oh depuis toujours !

Aaron retira violemment sa jambe et continua son chemin. Le vieil homme se gratta les cheveux puis se leva tout doucement. Il suivit Aaron du regard pour savoir où il se dirigeait.

– Oh depuis toujours !

Il émit un grognement une fois qu'il eut fini sa phrase.

Aaron composta son billet et se rendit sur le quai. Il prit une boisson au distributeur, monta dans le train et marcha jusqu'à sa place. Il arriva devant un emplacement composé de quatre sièges, soit deux face-à-face. Il posa son sac — dans lequel il avait rangé la clef — à sa droite et s'assit à gauche. Il y avait une personne en face de lui, un homme passé la trentaine qui dormait, sa casquette sur le visage. Aaron attendit sagement que le train démarre. Ce dernier finit par remettre ses machines en route et continua son chemin vers Avignon. L'homme face à lui se réveilla doucement. Il enleva sa casquette, fit craquer son cou et tendit la main à Aaron.

– Nous allons faire un bout de chemin ensemble ! Je m'appelle Robert, mais appelez-moi Bob !

– Enchanté Bob, je suis Aaron.

— Oh, voilà un nom pas commun pour un Français.

— Normal, je suis d'origine britannique.

— Ah, un British, quelle belle coïncidence, après Avignon, direction Londres puis Paris !

Aaron lui sourit.

— Pour y faire quoi si ce n'est pas indiscret ?

— Je vais tuer quelqu'un !

Aaron perdit son sourire.

— Mais non, je plaisante mon gars, je vais à une conférence sur le climat.

— Ah d'accord !

— J'adore faire des blagues, mais peu de gens y sont réceptifs.

— Ça ne m'étonne pas.

— Ah bon ?

— Oui, disons que c'est de l'humour qui peut surprendre sur le moment.

— C'est pas faux, il faudra que j'y pense à l'avenir, merci Aaron.

— C'est gratuit.

Bob posa sa casquette sur son sac calé près de lui et qui était identique à celui d'Aaron.

— Voilà une nouvelle coïncidence, nous avons exactement le même sac.

Aaron fut surpris en voyant leurs deux sacs identiques.

— Ouais, on va dire ça comme ça.

— Ce n'est pas le cas ?

— Si, ce sont bien les mêmes.

— On était fait pour se rencontrer.

— Qui sait peut-être !

— Vous croyez au destin, Aaron ?

— Non pas vraiment, je crois plus au hasard. C'est un

hasard si l'on possède le même sac et que l'on est assis l'un en face de l'autre.

— Si vous le dites, c'est votre choix de penser ainsi.

— Vous y croyez-vous ?

— Non, disons que j'aime les coïncidences. Mais je crois surtout en moi, aux choses que j'entreprends et qui aboutissent à ce que je veux.

— Ce n'est pas une mauvaise façon de penser.

— Comme la vôtre !

— Ça, c'est sûr !

— Vous avez l'air sûr de vous, n'est-ce pas ?

— N'est-ce pas déplacé de parler ainsi d'une personne que vous ne connaissez pas ?

Bob lui sourit et se redressa sur son siège.

— Je n'ai pas dit que vous étiez du « genre » à être sûr de vous, ça aurait été un manque de respect. C'était plus une question, pas une affirmation.

Aaron le regarda surpris par son explication.

— Vous faites quoi comme métier, Bob ?

— Je suis analyste !

— Dans quelle branche ?

— C'est-à-dire ?

— Je veux dire un analyste en informatique ou un analyste humain ?

— Ah, vous m'avez bien cerné.

Bob se leva en souriant.

— Je vous offre un verre au bar du train, ça vous tente ?

— Ça ne répond pas à ma question.

— Il me faut un verre pour vous en dire plus, mon nouvel ami.

— Ok pour un verre.

Ils entrèrent dans le wagon-restaurant. Ils commandèrent à boire et Bob but une gorgée de son verre.

— Je suis analyste en comportement humain. C'est-à-dire savoir pourquoi l'être humain réagit de telle ou telle façon.

— Mais ça sert à quoi ?

— C'est surtout pour la police.

— Oh…

— Oui, la plupart du temps, je travaille pour la police.

— Mais alors, pourquoi aller à une conférence sur le climat ?

— Pour analyser le comportement des dirigeants qui vont prendre les grandes décisions.

— Je vois, c'est chouette comme métier !

— Je ne le cache pas, je l'adore.

Aaron but une gorgée de son alcool et prit quelques pistaches qu'il ouvrit et mangea.

— Tu fais quoi dans la vie, Aaron ?

— Je suis comptable.

— Ah, nous en avons toujours besoin. Tu as bien une tête de comptable.

— On me le dit souvent, mes parents ont toujours été dans le milieu.

— Donc tu es tombé dedans quand tu étais petit, c'est devenu aussi facile que respirer !

— C'est pas faux.

— Tu es propre sur toi, bien habillé, ça doit bien gagner le métier de comptable.

Aaron finit sa boisson.

— Tu testes le tien sur moi, Bob ?

— Oh non, jamais en dehors de mes heures de travail, j'aime mon métier, mais quand je ne travaille plus je suis juste Bob !

— Si tu le dis, mais oui, le boulot de comptable paye plutôt bien.

— C'est pour ça que tu dois te rendre à Avignon ? Pour faire une TVA ?

Aaron fut surpris par sa question et demanda au barman un autre verre.

— Comment ça ?

— Nous sommes en milieu de mois, c'est le moment de la TVA pour un comptable, non ?

— Oh oui, bien sûr j'avais mal compris.

— Ah ok et donc ?

— Et donc quoi ?

— C'est la raison pour laquelle tu te rends à Avignon ? Pour la TVA d'une entreprise ?

Aaron boit le début de son verre et se met à tousser un peu.

— Non, je vais à Avignon pour voir ma famille.

— Ah, tu as de la famille là-bas comme moi, je vais passer les voir avant de me rendre à Londres. Je sais, tu crois au hasard, mais je doute que notre rencontre soit due simplement à ça.

— Désolé, mais moi oui !

— Où est-elle installée ?

— Ils sont près de Nîmes !

Bob fut un peu surpris par sa réponse. Il se repositionna sur sa chaise et posa son coude sur le bar du wagon.

— Mais Nîmes et Avignon ce n'est pas la même chose !

— Ah pardon j'ai entendu Nîmes, et non Avignon… Non, ma famille est de Nîmes !

— Les fameuses arènes !

— Tu l'as dit.

Aaron finit son verre.

— Donc je suis un peu perdu, affaires ou loisirs à Nîmes du coup ? demanda Bob.

— Famille, je vais voir de la famille.

— Ah, il n'y a rien de plus important. Je me rends près d'Avignon, deux jours du coup pour voir la mienne. Ils habitent aux Angles, un petit village en pleine campagne. La nature, la liberté, l'entourage, ce sont les meilleures choses pour se ressourcer et être vraiment heureux.

— Et l'argent !

— Oui, je suis d'accord l'argent est essentiel, mais l'amour, il n'y a rien de plus fort.

— Non, l'amour c'est de la poudre aux yeux. Depuis la nuit des temps, les gens croient que l'amour peut résoudre tous leurs problèmes, mais non, c'est l'argent.

Bob lui sourit.

— C'est un point de vue.

— Et le seul qu'on peut avoir ! La vie tourne autour de l'argent. Sans ça, on vivrait en enfer.

— Ah bon, dis-moi, ça m'intéresse.

— La vie est un enfer sur terre. On peut survivre si l'on a seulement beaucoup d'argent. C'est aussi simple que ça. Les gilets jaunes qui ont manifesté dernièrement c'était à cause de l'argent.

— C'est plus compliqué que ça quand même.

— Absolument pas mon gars. Ils ont manifesté, car le gouvernement leur a pris trop de fric donc ils ont voulu un changement, mais ça n'a donné que des scènes de chaos. Les gens sont obnubilés par ce qu'ils ne peuvent pas avoir, à cause du manque d'argent.

— Donc pour toi, l'argent rend heureux ?

— Plutôt deux fois qu'une, mon gars !

— Voilà un point de vue qui peut se défendre, dit le barman, proche d'eux.

— Barman, excusez-moi, quel est votre nom ? demanda Bob.

— Je m'appelle Samson, monsieur !

— Pas de monsieur avec moi, vous avez quel âge ?

— J'ai 25 ans !

— Bien, donc dites-moi, vous avez tout entendu ?

Samson le regarda surpris et gêné par la demande de Bob.

— Euh…

— Ce n'est pas un reproche, dites-moi !

— Oui, j'ai entendu, comme à peu près toutes les conversations qu'il y a dans ce wagon.

— Parfait ! Êtes-vous d'accord avec ce que mon nouvel ami, ici présent, vient de dire ? L'argent plus fort que l'amour ?

— Difficile à dire.

— Ah tu vois ! lance Bob.

— Pourquoi ? demanda Aaron.

— Ma tante a dû fermer son magasin de couture à cause des gilets jaunes qui l'ont détruit. L'état n'a rien voulu savoir et elle est sans emploi maintenant, célibataire et triste.

Bob le regarda, attristé.

— Ah, je suis navré, dit Bob.

— Donc l'argent est plus fort ? enchaina Aaron.

— Je ne dirais pas plus fort, mais nécessaire pour vivre. L'amour on le cherche, mais il est tellement compliqué à trouver !

— Sur ça, je suis bien d'accord, Samson !

— Après c'est un bon débat, mais de nos jours, plus personne ne croit en l'amour.

— Je te l'avais dit Bob, j'ai raison, c'est beau d'y croire, mais c'est juste du vent.

— Je ne suis pas d'accord grâce à l'amour, on peut surmonter tellement de choses !

— Mais sans boulot et sans fric, on est triste et l'on finit dans la rue, et l'amour ne peut rien changer à ça, enchaina Aaron.

Bob se tourna vers lui et lui sourit de façon un peu gênée.

— Mouais, j'ai du mal à être d'accord avec ça… Il y a bien des familles qui se créent encore.

— Tout ça à cause d'une bonne cuite et d'un préservatif défectueux !

— Il n'a pas tort ! enchaina Samson.

— Ah bon pourquoi ?

— J'ai mis ma copine enceinte comme ça. On ne s'aime pas vraiment ou du moins je ne sais pas, mais on va devenir parent.

— Pourquoi n'a-t-elle pas avorté ?

— Sa religion… J'avais envie de me faire une musulmane, et elle était chaude aussi, mais je n'ai pas pensé à la capote… et l'avortement est interdit chez eux.

— Vous vous rendez compte des conséquences ?

— Tant que je peux continuer à aller voir ailleurs sans qu'elle ne le sache, ce n'est pas grave.

Aaron prit un autre verre.

— Voilà ce qu'est la société, Bob, penser comme toi est dangereux de nos jours. L'égoïsme est le véritable virus de ce 21e siècle et l'argent est son arme.

Bob perdit complètement son sourire et se leva.

— On n'aime pas entendre la vérité, Bob ?

Il s'arrêta net et se retourna vers Aaron.

— Parce que tu crois n'avoir dit que la vérité depuis tout à l'heure ?

Aaron s'était mis à rire, mais s'arrêta doucement. Bob sortit du wagon.

Quelques instants après, Aaron marcha jusqu'à son siège, Bob était là en train de regarder dehors.

— On discutait seulement, il ne fallait pas mal le prendre.

— Je suis parti, car je crois préférer penser que le monde est encore bon.

— Oh, il ne l'est pas.

— C'est ton point de vue…

— Mais le seul, unique et vrai.

— Tu parles de vérité et pourtant tout chez toi montre que tu mens.

— Ah d'accord, je vois que tu es de ce genre-là… Tu dois être croyant, Dieu est bon ! Les gens comme toi me font pitié.

— Tu viens de me juger !

— Oui, car tu me pousses à le faire.

— Pourquoi ? J'ai mon point de vue et toi le tien, mais parce que mon avis est différent du tien, il faut que je change.

— Ok, tu me saoules mon gars, je vais aller pisser un coup.

Aaron prit son sac et partit aux toilettes avec. Il urina tout en gueulant de soulagement.

— Oh, ça fait du bien !

Il se posa sur la cuvette et ouvrit son sac. Il chercha la clef, mais ne la trouva pas. Il fut surpris sur le moment, mais il la chercha encore sans la trouver.

— Mais ce n'est pas possible, je l'avais mise là !

Il jeta son sac par terre.

— Non, ce n'est pas possible !

Il leva la tête comme s'il avait eu une idée.

— Bob ?!

Il sortit vite des toilettes et se précipita vers son siège, mais Bob n'était plus là avec son sac.

— L'enculé, il m'a volé ma clef !

Il partit de son wagon.

Aaron marcha d'un pas pressé et ouvrit la porte du wagon-restaurant. Il aperçut Bob, au fond, assis avec sa casquette sur la tête, et il se dirigea vers le bar.

— Samson, sers-moi de la vodka et que ça saute !

Il ne sentit aucune réaction alors il tourna la tête et vit la tête de Samson explosée en deux morceaux.

— Oh putain !

Aaron s'écarta du bar en mettant la main devant la bouche. Il s'apprêta à sortir du wagon, mais la porte était fermée. Bob était toujours assis au fond en train de regarder dehors.

— Viens me voir Aaron, viens, n'aie pas peur !

— C'est vous qui avez fait ça ?

— Non bien sûr que non !

Aaron courut vers Bob.

— Mais bordel, qui est-ce qui a fait ça ?

— Un menteur comme toi !

Bob lui attrapa le cou et le plaqua contre la vitre du train.

— Je ne sais pas de quoi tu parles.

— De la banque, du vigile de sécurité, que tu n'es pas comptable, et de la clef que tu as dans ton sac.

Il finit par le lâcher en le projetant au sol et remonta ses manches.

— Je n'ai pas volé cette clef! gueula Aaron.

— Menteur un jour, menteur toujours! C'est l'un des pires péchés de notre génération. On peut considérer le mensonge comme de la trahison, non?

— Quoi?

— Oui, je sais, c'est trop réfléchi pour ton cerveau.

— Putain, mais t'es qui?

— Je suis le BFF!

Bob sortit une arme, la pointa sur Aaron et lui explosa la tête. Il prit son sac, l'ouvrit et y vit la clef. Le train finit par s'arrêter à la gare Centrale d'Avignon, alors Bob rangea son pistolet et descendit comme si de rien n'était. Il regarda autour de lui et aperçut au loin le vieil homme. Il lui fit un clin d'œil.

— Clôturons notre chasse, Wolf!

Il sortit de la gare, et le vieil homme se mit à genou. Il hurla et commença à se transformer en un énorme loup-garou noir, comme celui que Bob avait combattu au début.

6
KURT

Dans les hauteurs, tout près d'un village, un homme tronçonnait un gros arbre, qu'il coupa en plusieurs morceaux. Une femme, assez forte, s'approcha de lui avec un bloc à la main et des écouteurs.

– Kurt! C'est tout pour aujourd'hui!

– Très bien, je mets le tronc dans la machine et je te dis à demain, Liz!

– Ouais, merci à demain! répondit-elle.

Elle repartit avec son bloc tout en parlant à ses écouteurs. Kurt sourit et plaça les morceaux de troncs dans une immense machine servant à couper encore plus finement. Une fois terminé, il enleva son casque de protection et se dirigea vers sa voiture. Il démarra et partit en faisant un signe à ses collègues de chantier. Il conduisit jusqu'en ville, située à environ une heure de son lieu de travail et se gara dans un parking dans le centre-ville. En passant devant une boulangerie, il acheta un sandwich pour le manger tranquillement sur un banc à proximité. Il apprécia la vue qui s'offrait à lui. Venant des montagnes, il se trouvait maintenant face à la mer et cela le fascinait.

– Il n'y a pas plus bel endroit. La mer et les montagnes à quelques kilomètres, c'est le véritable pied!

Il sourit et commença à dévorer son sandwich, quand un homme s'assit près de lui. Vêtu d'un jogging noir et le visage caché sous une capuche, Kurt ne prêta pas immédiatement attention à lui. Mais après quelques instants, curieux, il se tourna doucement vers lui.

– Kurt? dit l'homme.

Kurt fut surpris.

– On se connaît?

– Pas directement, non!

– Va falloir être un peu plus clair.

— Oh, pour ça je crois qu'il faut que je vous dise pourquoi je suis là !

— Ça serait bien, car vous commencez à me foutre la trouille.

— Vous n'en avez pas l'air en tout cas !

L'homme abaissa sa capuche. Il s'agissait de Bob, l'homme du train qui avait éliminé tous ceux qui avaient eu possession de la clef, dans le but de la récupérer.

— Pour résumer, je crois qu'il faut que je vous dise un prénom, et selon votre réaction je verrai si j'ai fait tout ça pour rien.

— Un prénom ?

— Oui, un simple prénom, Kurt !

— Lequel ?

— Celui de Mathilde…

Bouleversé, Kurt se leva doucement et fit tomber son sandwich.

— Où est-elle ?

Bob sourit.

— Votre réaction est parfaite ! Elle représente quoi pour vous ?

— Un véritable coup de foudre.

Bob le regarda avec les larmes aux yeux.

— Parfait, Kurt, c'est parfait ! Toutefois, comment s'est passé ce coup de foudre ?

*

2 ans auparavant

Kurt était assis sur ce même banc, mais un peu plus jeune. Il venait de finir son sandwich et se rendit jusqu'à un marché de fruits et légumes non loin, où il se heurta à un grand homme, âgé d'une cinquantaine d'années et musclé comme Rambo.

— Excusez-moi !

— Pas de soucis…

L'homme avait l'air inquiet, il cherchait quelqu'un du regard.

— Vous avez perdu quelque chose ? demanda Kurt.

— Oui, ma fille !

— Ah, quel âge a-t-elle ?

L'homme le regarda de haut en bas.

— Elle doit avoir votre âge, mais elle ne doit jamais me quitter.

— Ah…

— Pas de jugement avec moi Kurt.

Il fut surpris sur le fait que l'homme connaissait son nom.

— Mais comment…

— C'est écrit sur votre veste, du calme, je ne suis pas un dieu.

— Vous en avez pourtant la carrure.

— Merci, mais non merci. Passez une bonne journée !

L'homme s'éloigna de Kurt.

— Belle ville, mais par moment, il y a des gens étranges.

Kurt continua son marché et arriva devant le dernier stand de fruits de l'allée. Il en attrapa quelques-uns et les examina, puis en se retournant, frappa une femme sans le vouloir. Ils se regardèrent, et elle souffla avant de lui toucher le visage.

— Excusez-moi pour ce que je vais vous faire, mais vous êtes la solution.

Elle lui sourit, les larmes aux yeux.

— Quoi…

— La solution pour que l'amour triomphe. Restez calme et surtout ne m'en veuillez pas.

Elle retira sa main du visage de Kurt et un courant électrique les traversa tous les deux. Kurt resta bouche bée pendant que Mathilde lui sourit. L'homme musclé, observant la scène de loin, serra les poings de colère.

— Mathilde! hurla-t-il.

Mathilde essaya de répondre, mais elle ne lâcha pas son regard de Kurt qui était enchanté.

— Je suis désolée! lui dit-elle.

— Il ne faut pas, vous êtes un ange!

— Voilà pourquoi je suis désolée.

L'homme se précipita vers eux.

— J'ai déjà dit merci, mais non merci!

Il attrapa Mathilde et ils filèrent à toute vitesse. Elle ne détacha pas son regard de Kurt jusqu'à ce qu'ils soient beaucoup trop loin, et qu'il disparaisse de sa vue. Kurt tenta de reprendre ses esprits et souffla profondément pour se calmer un peu.

— Non de Dieu, cette femme est une déesse! dit-il en pleurant de joie.

L'homme attira Mathilde jusqu'à un endroit isolé.

— Combien de fois t'ai-je dit, petite fille, de ne jamais avoir de contact avec les humains!

— Alors, pourquoi les avoir créés?

— Ah, ne recommence pas avec cette histoire.

— Des êtres soi-disant à ton image, mais impossible à approcher.

— Parce que si tu tombes amoureuse de l'un d'eux, tu deviens mortelle, ma petite-fille.

— Amoureuse, heureuse!

L'homme se retint de lui répondre.

— On rentre chez nous.

— Nous ne sommes là que depuis quelques heures !

— Et c'était une erreur de te faire venir ici.

L'homme pressa un pendentif contre sa poitrine, et tous deux s'évanouirent dans un tourbillon de fumée.

Mathilde se retrouva dans une salle à ciel ouvert entourée de doux nuages blancs. Elle quitta la pièce et avança doucement dessus, avec une grâce presque irréelle.

— Mathilde ! hurla son père.

Elle s'arrêta et se retourna.

— Quoi encore ?

— Nous sommes des dieux !

— Non, tu es le Dieu unique, père, moi je suis juste ta fille.

— Ce qui fait de toi une déesse immortelle alors ne commence pas à jouer avec mes mots, car tu vas te brûler.

— Ouh, j'ai la trouille, dit-elle d'un ton moqueur.

— Comment oses-tu ?

— Nous régnons sur le ciel et la terre et écoutons les prières des hommes depuis toujours. Et tu sais bien que plus le temps passe, plus la science détruit tout ce que tu as créé ainsi que leurs croyances. Nous sommes voués à disparaître.

— Les dieux sont éternels !

— Ils sont en vie peut-être, mais ils ne sont plus ni dans la pensée ni dans le cœur des hommes. Ils finiront par nous oublier, et nous mourrons de chagrin, car nous n'aurons connu que les prières et rien d'autre.

— Tu rêves, ma pauvre petite fille. Tu crois qu'aller les rejoindre est l'unique solution !

— Et vivre à jamais sans amour, tu considères que c'est une vie !

— Ils nous apportent leur amour.

— Mais tu ne vois pas que les hommes sont de moins en moins nombreux à nous aimer et nous prier ! Tu es aveugle, car tu penses encore que ta création sera toujours là à t'adorer jusqu'à ta mort.

Son père s'avança vers elle en marchant de nuage en nuage et ils se retrouvèrent tous les deux au milieu du ciel.

— Tu t'inquiètes pour rien, ma petite fille, crois-moi !

— J'avais foi en toi quand je n'étais encore qu'une gamine, mais maintenant, je ne peux plus. Je n'ai que de la souffrance en moi et rien d'autre.

— Tu peux faire toutes les activités que tu veux ici !

— Tu ne me comprends pas.

— Peut-être, mais toi entends-moi bien, si jamais tu essayes de tomber amoureuse d'un homme, il y aura de lourdes conséquences.

— Ah oui, quoi ? Je vais devenir mortelle… ouah ! lâcha-t-elle d'un ton sarcastique.

— Je t'aurais prévenu, si tu essayes tu vas le payer, mais bien plus que tu ne le crois. Personne ne pourra te sauver à part moi.

— Ça, c'est ce que tu penses !

Mathilde, agacée par les propos de son père, sauta de nuage en nuage jusqu'à atteindre une autre salle.

— Wolf ! hurla le dieu.

Le loup-garou noir apparut près de lui.

— Ma fille est en train de vriller, elle s'engage sur un mauvais chemin. Suis-la et si jamais ça tourne mal, fais ce qu'il faut, mais en aucun cas elle ne doit devenir mortelle.

— Très bien !

— À n'importe quel prix, Wolf! Me suis-je bien fait comprendre?

— Oui, mon Dieu!

Le loup-garou le salua et rejoignit Mathilde qui pénétrait dans une pièce où tout le monde prenait un bain après une session de lutte. Les murs de cette salle étaient imprégnés de teintes cuivrées, créant une ambiance chaleureuse. Au centre, un vaste bassin accueillait uniquement des hommes lavés avec soin par des servantes. Après avoir ouvert la porte à l'arrière, Mathilde se retrouva sur un terrain de terre battue. Face à elle, un homme recouvert de terre, essoufflé, se tenait debout. Décidée, elle s'approcha de lui.

— BFF!

L'homme leva la tête et se retourna vers elle.

— BFF! lui répondit l'homme qui n'était autre que Bob. Que puis-je faire pour vous ma déesse?

Bob se mit à rire, et après quelques secondes elle le poussa en riant aussi. Il se sentait détendu en sa présence.

— Pas de ça avec moi, mon vieil ami.

— Oh, tu sais que j'aime détendre l'atmosphère.

— Tu leur as encore mis la raclée!

— Toujours, même si je ne suis qu'un demi-dieu, je sais comment les avoir.

— Quelle classe!

— Et oui! Que viens-tu faire? Tu ne viens jamais me voir ici sans raison.

Elle hésita et regarda ailleurs avant de le fixer.

— Tu as toujours la clef?

— La clef de ma chambre, oui bien sûr!

— Je ne te parle pas de cette clef!

Il se redressa et la regarda avec inquiétude.

— Elle ne me quitte jamais. La clef de ton âme est bien gardée.

— Tu te rappelles ce que je t'ai dit?

— Bien sûr!

— Je l'ai trouvé!

— Tu en es bien sûr?

— Oh oui!

Elle lui toucha le bras. À cet instant, il eut des flashs de Kurt et de ce qu'elle avait ressenti au moment où elle était proche de lui. Il la regarda avec les larmes aux yeux.

— Tu comprends, BFF?

— Oh oui, je crois! Je vais aller le trouver… Mais tu connais les conséquences?

— Je deviendrai comme toi.

— Non, tu seras mieux que moi, tu seras mortelle!

— J'en suis consciente… Ne tarde pas, car si je pense bien, il va lâcher le loup-garou à tes trousses.

— Wolf? Il n'arrivera pas à m'empêcher de faire ce qu'il faut.

— Qu'il n'ait jamais la clef entre les mains sinon il pourrait la donner aux pires personnes sur cette terre! Et par conséquent, je ne serais jamais amoureuse.

— Ça n'arrivera pas et même si c'est le cas, je ne lâcherais jamais.

Elle le prit dans ses bras et vit Wolf entrer dans la pièce.

— Fais attention à toi!

Elle s'écarta de lui tandis que Wolf s'approcha d'eux.

— Que vois-je? Mes amis préférés discuter en cachette! lança Wolf.

— Oh jamais je ne serais ami avec un loup! dit Bob.

— Pourtant je suis de très bonne compagnie! Bref… Mathilde, est-ce que tu pourrais me suivre s'il te plait?

— Pourquoi ?

— Ton père te demande.

Mathilde s'écarta de Bob et s'éloigna de Wolf également.

— T'enfuir n'est pas une option.

— Et pourtant c'est ce que je vais faire.

Wolf se mit à renifler et se tourna vers Bob.

— Non… Tu l'as donné à lui, à ce demi-dieu ?

— Donné quoi, tas de poil ? demanda Bob.

Wolf s'approcha de lui et le renifla encore mieux.

— Oh oui, je sens son odeur.

— Tu sais que c'est super déplacé ce que tu es en train de faire ! Si quelqu'un nous regarde, il doit se demander ce qui se passe.

— Ta gueule !

Wolf se retourna vers Mathilde qui s'était rapprochée de la porte.

— C'est lui le gardien de ton âme ! J'aurais cru que tu ferais plus confiance à ta sœur.

— Elle t'idolâtre à tel point que ça donne envie de gerber. Lui est le seul à me comprendre.

— Plus pour très longtemps.

Wolf voulut frapper Bob, mais celui-ci arrêta son geste.

— Tu ne sais pas de quoi je suis capable, Wolf !

— Te dresser devant moi te coûtera la vie.

— Tu veux parier ?

Le loup-garou hurla et ils commencèrent à se battre.

— Mathilde fuit ! gueula Bob.

Mathilde hésita à partir.

— Fais-moi confiance, je vais faire ce qu'il faut !

— Alors ça, j'en doute ! lança Wolf.

Ils continuèrent à se battre jusqu'à ce qu'ils passent à travers le mur. Ils tombèrent dans le vide du ciel et s'écrasèrent violemment sur une piste de ski.

*

De nos jours

Bob et Kurt étaient toujours debout, l'un en face de l'autre.

— C'était une belle rencontre, je ne peux pas dire le contraire, Kurt !

— Un véritable coup de foudre.

— Ah, ça c'est clair, d'après ce qu'elle a bien voulu me montrer.

— Donc où est-elle ?

— Pour la retrouver c'est simple, il faut faire une toute petite chose.

Bob sortit doucement la clef qu'il avait rangée dans sa veste.

— C'est quoi ? demanda Kurt.

— La clef de votre avenir. Il faut juste…

Bob n'eut pas le temps de finir, car Wolf l'attrapa violemment et le jeta sur la route juste à côté. La clef atterrit plus loin près du banc. Wolf se dirigea vers Bob.

— Je dois reconnaitre que tu t'es bien battu pour un demi-dieu.

— Ah, j'en ai quand même chié ! Tu as vraiment laissé la clef entre les mains de personnes mauvaises !

— Je sais, je me suis dit que de cette façon-là, Mathilde ne la retrouverait jamais, et qu'elle ne tomberait jamais amoureuse de ces hommes. Au contraire, elle a empiré leurs vices.

— La clef les a détruits.

— Tu les as flingués aussi, ça aide pas !

— J'avoue.

Wolf se retourna vers Kurt.

— C'est donc lui ?

Il se dirigea vers Kurt, mais Bob l'attrapa violemment par l'épaule.

— Et tu ne le toucheras pas.

— Ça, c'est ce que tu crois !

Wolf frappa violemment Bob qui ne bougea presque pas.

— N'oublie pas, dans « demi-dieu » il y a dieu !

Ils continuèrent de se battre jusqu'à ce qu'une voiture passe par là. Dans la mêlée, Wolf la percuta, la souleva et la projeta sur Bob qui s'effondra sous le poids du véhicule. Wolf se tourna alors vers Kurt, choqué par la scène qui se déroulait sous ses yeux. Wolf voulut s'approcher, mais il reçut une portière en plein dans le dos, ce qui le fit tomber. Bob lui attrapa violemment la tête et le maintint plaqué au sol.

— Kurt, touchez la clef !

— Quoi ?

— Touchez cette putain de clef !

Wolf hurla et projeta Bob plus loin. Kurt et lui se précipitèrent vers la clef, mais au moment où il allait la toucher, Bob l'attrapa et l'envoya voler. Malgré cela, Wolf ne lâcha pas prise, et tous deux furent propulsés avant de disparaître dans le vide, à côté du banc. Bob eut à peine le temps de voir Kurt s'accroupir dans l'intention de prendre la clef. Un sourire se dessina sur son visage, mais à ce moment précis, Wolf lui planta violemment ses griffes dans le torse et le transperça. Bob cracha du sang jusqu'au moment où ils atterrirent sur une plage, la mer à proximité.

Au moment où Kurt prit la clef, un éclair s'abattit juste à côté de lui. Il se releva, se retourna doucement et vit Mathilde qui lui souriait.

— Oh, c'est toi ? demanda Kurt.

Elle s'approcha de lui, lui prit la clef et lui toucha le visage comme la dernière fois. L'expression de Kurt changea et il fronça les sourcils.

— Pardon, mais vous êtes qui ?

— Merci, Kurt, vous avez été la goutte qui m'a sorti de ma limite.

— Euh… je ne comprends pas.

— Vous allez être heureux, vous découvrirez l'amour ! Désolée de vous avoir donné de faux espoirs, mais il fallait un élément déclencheur et vous avez été parfait.

Elle lui sourit, mais Kurt se sentait un peu perdu.

Wolf leva la tête au même moment.

— Non… Non !

— Tu as perdu, Wolf ! Les dieux ne peuvent rien face à l'amour, dit Bob qui respirait encore.

— Il y a un truc bizarre !

— Une vie sans amour, ce n'est pas une vie !

Wolf frappa Bob si violemment au visage, qu'il cracha beaucoup de sang. Wolf voulut le frapper à nouveau quand Mathilde arriva et s'interposa entre les deux afin de les séparer.

— Ne le touche plus jamais ! dit-elle agressivement à Wolf.

— Mais, je ne comprends pas.

— Tu penses que je crois au coup de foudre, Wolf ?

— Non, ce n'est pas possible, nous avons tous vu ce que tu as ressenti pour ce Kurt.

— Ce que j'ai voulu que tout le monde voit !

— Quoi ? dit difficilement Bob qui cracha encore du sang.

Elle se retourna vers lui et lui donna la clef qu'il ne toucha pas sur le moment.

— Tu ne peux pas être amoureuse de lui.

— Je l'ai toujours aimé plus qu'un ami…

Wolf se rapprocha d'elle.

— Non, pourquoi tu aurais fait tout ça, pourquoi tu lui aurais fait subir tout ça ?

— Parce que mon père et toi n'êtes que des idiots ! Vous auriez dû le laisser donner la clef à Kurt, alors vous auriez compris que c'est lui que j'aimais, et personne d'autre. Kurt n'était qu'un simple déclencheur du ras-le-bol dû à un père qui refuse à sa fille le droit d'être heureuse ! Cette colère m'anime depuis tellement longtemps ! Mon père veut m'enfermer dans une cage dorée en pensant que cette vie me rendra heureuse, mais il ne se rend pas compte du désastre qu'il a causé en moi. J'ai besoin de vivre, vraiment, alors j'ai préparé tout un plan pour que ça fonctionne et ça a été ma réelle liberté !

— Il avait déjà la clef avec lui, ça aurait dû arriver avant ! Ce n'est pas logique !

— Tu ne m'écoutes pas, sale loup ! Qui dit avoir la clef ne veut pas dire que je tombe amoureuse automatiquement, il fallait que le plan se déroule comme prévu. Quoi qu'il arrive, ni mon père ni toi ne deviez être une entrave à ma liberté et c'est le seul qui pouvait la garder intacte. Regarde les hommes que tu as choisis, cette clef les a perturbés, mais jamais je n'en suis tombée amoureuse.

— J'ai ordre de t'empêcher de devenir une mortelle, Mathilde ! Je suis navré, mais je vais devoir l'achever. Il est un risque! À ton avis, pourquoi ai-je choisi ces hommes? Pourquoi ai-je fait en sorte que la clef les rende encore plus mauvais?

— Tu n'entends pas ce que je te dis depuis tout à l'heure et tu insistes en plus. Mais tu n'es qu'un pauvre sous-fifre de mon père, je ne peux pas trop t'en demander.

— Je n'écoute pas bien les femmes, tu le sais!

En disant cela, Wolf lui fit un clin d'œil et tenta de toucher Bob à nouveau. Mathilde lui attrapa violemment le bras et le lui arracha. Du sang gicla sur elle, Wolf hurla et tomba au sol de douleur.

— Wolf! Il est à moi, il s'est sacrifié pour moi, il a donné sa vie pour moi. Meilleur ami ou pas, c'est lui qui a la clef de mon âme!

— Ton père te bannira pour ça!

— Qu'il le fasse, je n'en ai rien à faire! Ma liberté, il n'y a que ça qui compte.

— Tu vas devenir mortelle, même avec un demi-dieu et tu le sais!

— Je préfère ça à une vie sans amour, car une vie sans amour, ce n'est pas vivre.

Elle agrippa la tête de Wolf et lui éclata avec uniquement sa main droite. Elle souffla, soulagée, et s'approcha de Bob qui ne bougeait plus.

— Oh non! dit-elle inquiète.

Il saisit son visage entre ses mains pour l'embrasser, suivit d'un long baiser amoureux.

— Tu es une petite cachotière! dit Bob.

Ils s'embrassèrent de nouveau. Bob finit par ranger la clef dans sa poche et se toucha le torse. Il n'était plus blessé, et ne perdait plus de sang.

— Efficace ton truc!

— Pour ça, tu peux me faire confiance.

— Ton père ne va pas approuver ça.

— Il m'a fait franchir la limite qu'on n'a jamais osé dépasser, car on se disait amis, mais tu sais aussi bien que moi qu'il y avait plus. Je ne voulais plus perdre mon temps là-haut, je désirais le passer avec toi en bas.

— Il m'en a fait chier quand même et il va continuer.

— Oh non !

— Pourquoi ?

— Parce que je suis heureuse maintenant et c'est réciproque, je le vois dans tes yeux.

Elle le regarda en souriant et l'embrassa.

Son père observa ça des nuages. Il laissa couler une larme de ses yeux et fit quelques pas dans sa salle. Un autre loup-garou s'approcha de lui.

— Dois-je envoyer quelqu'un d'autre, mon Dieu ?

— Non… Elle a fait son choix… Respectons-le ! Elle voulait une liberté qui va causer sa chute. Je perds ma fille en ce jour ! Quoi dire d'autre… C'est son choix, un point c'est tout. On a tout fait pour que ça n'arrive pas, mais j'ai été trop faible.

— Oui, mon Dieu…

*

La nuit est tombée. Deux enfants, une fille et un garçon de 10 et 12 ans, observent attentivement leur père refermer le livre intitulé « la clef de l'âme », qu'il tient entre ses mains. Il est véritablement enthousiaste à propos de l'histoire qu'il vient de leur raconter. Il leur adresse un sourire alors qu'eux font un peu la grimace.

Les enfants sont en pyjama et c'est l'heure de l'histoire avant le coucher.

— Voilà comment se termine cette belle histoire!

— Ça fait peur, papa! dit la fille.

— Mais non, c'est une histoire d'amour. L'amour se cache partout autour de vous, c'est la clef du bonheur. C'est ainsi que vous êtes arrivés dans nos vies, ton frère et toi.

— En faisant du mal aux gens! demanda le garçon.

— Mais non, pourtant j'ai pris le temps de tout bien vous lire pour que vous compreniez bien… Peut-être que vous êtes encore trop jeune, mais je vous la lirai à nouveau.

— T'es pas obligé! dit le garçon en lui faisant «non» de la tête.

— Allez, dormez bien, maman va venir vous souhaiter bonne nuit.

Le père les embrasse sur le front et s'en va en laissant le livre sur la table de chevet du garçon. Leur mère arrive peu de temps après.

— Qui est prêt pour un câlin avant le dodo?

Ses deux enfants se jettent sur elle et ils s'écroulent tous les trois par terre.

— Mais qu'est-ce qui vous arrive?

— Papa nous a raconté une histoire! dit le garçon.

— Ah, je n'en doute pas, il sait faire ça aussi bien qu'il respire.

— Oui, mais on n'aime pas celle-là! dit la fille apeurée.

— Oh, tu exagères ma belle, vous connaissez votre père.

— Ouais, mais là il n'a pas compris, dit le garçon.

— Vous savez que votre père fait attention à vos réactions.

— Mais pas avec cette histoire.

— Comment ça, quelle histoire? demanda la mère surprise.

Elle regarde la table de chevet, aperçoit le livre et se retient de réagir.

– Allez vous coucher, je vais parler à votre père.

Elle les borde tous les deux, les embrasse, et récupère le livre en sortant de la chambre.

– Tu peux laisser allumer ce soir! dit la fille.

– Oui ma belle.

Elle laisse allumer et ne ferme pas complètement la porte. Elle marche d'un pas décidé vers la cuisine. Son mari est en train de laver la vaisselle.

– Tu as raconté une histoire aux petits?

– Oui comme tous les soirs.

– Et quelle histoire leur as-tu racontée?

– Je leur ai raconté une histoire d'amour.

La femme se retient de hurler. Elle souffle et sert fort le livre entre ses mains.

– Définis-moi, histoire d'amour?

– Une histoire où les deux amoureux finissent ensemble.

– C'est déconseillé aux moins de 16 ans?

– Oh non, ça c'est juste pour nous chérie!

– Bien, j'ai une autre question et là c'est ma dernière.

Le mari lève les yeux doucement et arrête l'eau dans l'évier.

– Quel est le titre de l'histoire que tu leur as lu?

Il se retourne doucement vers sa femme qui est prête à exploser. Alors il lui sourit doucement, un peu gêné.

– Je leur ai lu notre histoire, notre rencontre!

Il lui fit un clin d'œil. Elle va lui envoyer le livre « *la clef de l'âme* » dans la figure. Pause!

Fin